# 천재들의 사춘기 2

## 천재들은 10대 20대에 무엇을 했을까?

아인북스

365일 독자와 함께 지식을 공유하고 희망을 열어가겠습니다.
지혜와 풍요로운 삶의 지수를 높이는 아인북스가 되겠습니다.

# 천재들의 사춘기 2

초판 1쇄 인쇄 2015년 08월 24일
초판 1쇄 발행 2015년 09월 04일

| | |
|---|---|
| 편    저 | 김지숙 |
| 펴 낸 곳 | 아인북스 |
| 펴 낸 이 | 정유진 |
| 등록번호 | 제 2014-000010호 |
| 주    소 | 서울시 금천구 가산디지털로 98 |
| | (가산동 롯데 IT캐슬)2동 B218호 |
| 전    화 | 02-868-3018 |
| 팩    스 | 02-868-3019 |
| 메    일 | bookakdma@naver.com |

ISBN 978-89-91042-58-2 04810, 978-89-91042-59-9(세트)
값 11,000원

# 천재들의 사춘기 2

## 천재들은 10대 20대에 무엇을 햇을까?

아이북수

# 차례

# 차 례

## 들어가는 말

　이 시대에 고3 아이를 둔 어머니들이 다 그렇듯 나도 죄인 아닌 죄인의 심정이다. 지은 죄도 없이 좌불안석인 게 우리 엄마들의 일상이다. 새벽부터 일어나 아침 밥 준비하고, 아이 깨우는 게 하루의 시작이다. 공부가 힘들어 짜증은 나지 않는지, 행여 몸은 아프지 않은지, 친구들과는 잘 지내는지…….

　이런 걱정 아닌 걱정들로 노심초사하기 마련이다. 또 아이가 좋은 대학에 들어가기를 바라는 게 부모다. 행여 어느 방송이나 신문에서 아이들에게 좋은 것이라고 입만 뻥긋해도, 귀가 솔깃해지고 뭐든 해주고 싶다.

　누군들 자식이 잘 되기를 바라지 않겠는가만, 부모 마음대로 되지 않는 것 또한 자식이 아니던가!

　우리 아들은 중학교 때부터 담배를 피우고 술도 마신듯하다. 노래방에서 놀다 왔다며 머리카락과 옷에 담배 냄새를 묻히고 들어오는 아들놈을 나무랐더니, 휴게실에서 아저씨들이 피운 거란다.

6

　행여 삐뚤어질까, 알고도 모른 척 그렇게 넘기다 보니 어느 새 아들은 고3이 되어 있다. 남들이 말하는 '엄친아(엄마 친구 아들)'는 아니더라도 그냥 평범한 학생이기만 바라는 게 지금의 심정이다.

　고등학교에 입학하고 얼마간은 전학을 보내달라고, 학교 가기 싫다고 떼를 썼었다. 새로운 환경에 적응하느라 저도 힘들었겠지만, 지켜보는 나도 가슴 아팠다.

　성적도 중하위권이다. 4~5급이다. 대학 못 들어가면 바로 군대 가라는 아빠의 협박(?)도 엄마의 잔소리 못지않게 스트레스일 거다.

　이 글을 엮은 건 아들에게, 위대한 업적을 이룬 인물들도, 훌륭한 과학자들도, 자기 세계를 구축한 예술가들도, 또 당당한 사회 지도자들도 다 한 때는 어렵고 힘든 사춘기 시절을 보냈다는 이야기를 해주고 싶어서다. 이 글을 읽은 아들이 공부가 인생의 전부가 아니라는 변명을 하고 싶어지게 만들지도 모른다.

그래도 인생을 살아가는데 많은 역할을 해주는 게 공부라는 말은 해주고 싶다.

자기 분야에서 두각을 나타낸 천재들인 만큼, 자기 분야 외에는 등한시하고 잘 못했다. 그래서 우리 아들도 그래도 된다는 말은 아니다. 왜냐하면 우리 아들은 천재가 아니기 때문에.

그저 그런 평범한 사람이라, 그저 그렇게 평범하게 살려면, 할 수 있을 때 공부를 해야 한다는 말이 하고 싶어서 엮어 보았다. 자기 분야에서는 천재였지만, 공부를 하지 않았기 때문에, 나이 들어 후회하는 인사들을 보여주고 싶었다. 이제라도 깨닫고 열심히 해 주기를 바라는 마음으로. 지금은 비록 열등생이라도 훗날엔 타고난 저마다의 소질을 계발하여 천재성을 발휘할지도 모르니.

이런 말들은 다 변명인지도 모른다. 오히려 내 마음이 편코자 하는 이야기일 것이다. 천재들도 사춘기적에는 열등생에, 지진아에, 병약하고, 심약하고, 외곬스로 지냈으니.

8

우리 아들도 나중엔 천재적인 기질을 발휘해 줄 거라 믿고 싶은 것일 게다.

사실 우리 아들이 읽어주길 바라며 썼지만, 나처럼 문제아에 열등생 아들을 둔 엄마들이 더 많이 읽어주기를 바란다. 아들, 딸이 열등생도 아니고, 지진아도 아니고, 병약하지도 않고, 심약하지도 않고, 외곬수도 아니니, 그들에게 고마워하라고. 자식에게 하나의 장점만 있어도, 아니 아프지 않은 것만도 다행이라고. 또 아프면 어떤가. 존재자체만도 행복임을 알라고.

'엄친아'를 자식으로 둔 엄마들은 무슨 개소리냐고 항변할지도 모르지만, 그럴 테면 그러라지. 그들이야 그러건 말건 내 마음의 위로를 받은 건 사실이니까.

부모 노릇하기 힘든 이 시절에, 학창시절에도 받아보지 못한 100점짜리가 되지는 못하리라. 내가 못 받은 100점을 자식에게 강요할 수는 없지 않겠는가! 그러니 열등생 천재들을 보며 위로나 받는 수밖에.

# 프리드리히 대왕

1712년 독일 출생

1717년  5세 라이프니츠의 '제왕 학'에 입각한 교육 시작

1727년 15세 이중생활 시작

1730년 18세 궁중을 탈출했으나 곧 왕위를 계승하여 계몽
군주로서 국제적 지위 향상

1786년 74세 사망

# 제왕 교육이 싫어
# 은신처에서 이중생활

 

 

 학문과 예술을 애호하고, 계몽 전제군주로서 역사에 남은 인물이 바로 프로이센의 국왕 프리드리히 빌헬름 2세다. 선정을 베풀어 백성의 존경을 한 몸에 받았던 그였다.

 그런 그도 사춘기 시절엔 호화찬란한 궁전을 도망쳐 나왔었다. 지겹게도 규율을 강요하는 부왕의 간섭을 못이긴 것이었다.

 황태자 프리드리히는 아버지 몰래 베를린의 어느 은행에서 4천 탈렌트를 얻었다. 그렇게 얻은 빚으로 베를린의 후미진 거리에 낡고 허름한 집을 한 채 얻었다. 그리고 거기서 이중생활을 즐겼다.

 고급 황태자 복을 스스로 '죽음의 수의'라고 욕하며 벗어던졌다. 그리곤 몰래 맞춰두었던 평상복으로 갈아입고는 보통 사람들처럼 지내는 평범한 시간들을 즐겼다. 궁중생활이 너무 엄격하여 지겹고 괴로운 나머지 황태자의 지위에서 벗어나고자 했다. 아무리 사람들의 선망의 대상인 황태자란 지위도 직접 겪어보지 않으면 그 마음을 알 수 없는 것인가 보다.

당시의 국왕 프리드리히 빌헬름 1세는 제왕 학에 커다란 관심을 갖고 있었다. 그때는 제왕 학이 여러 학자들의 입에 회자되었다.

국왕은 당대 제일의 석학 라이프니츠의 학설에 매료되었다. 이왕이면 다홍치마라고, 어차피 제왕이 될 황태자라면 통치능력을 완벽하게 갖춘 군주로 만들어보고 싶었다. 그래서 국왕은 황태자에게 절대 군주로서, 만민의 어버이로서, 험난하고 고달픈 길을 가기를 엄명했다.

국왕은 황태자의 제왕교육에 직접 나섰다. 왕비도 국사도 소용없었다. 손수 매일의 일과표를 작성하여 일분일초의 어김도 없이 체크를 해나가도록 명령했다.

그때 황태자의 교육을 담당한 국사로는 핑겐슈타인 백작과 칼크 대령, 뒤양 보육원 등이 있었다. 그러나 이들은 말만 국사였지 실상은 허수아비나 다름없었다. 다만 국왕이 짜 준 일과표대로 지키는지, 안 지키는지만 감시하면 되었다.

국왕이 직접 짠 교육일과표의 예를 보자면 이러했다.

일요일.

1) 아침 7시 기상.

즉시 실내용 슬리퍼를 신고 침대 앞에 무릎을 꿇는다. 그리고 하나님께 짤막한 기도를 드린다.

주의 : 기도 소리는 방 안에 있는 사람들이 모두 똑똑히 들을 수 있도록 소리의 크기와 발음을 정확히 한다.

2) 기도가 끝나는 대로 옷을 입는다.

3) 세수를 깔끔히 하고, 몸단장을 한다. 위의 모든 동작을 15분 이내에 마친다.

4) 황태자의 시종 전원 및 뒤양 보육관이 입실하여 전원 무릎을 꿇고 주께 기도를 올린다. 이어서 뒤양은 성경 한 장을 읽고, 찬송가를 한두 곡 부른다.

5) 7시 45분

시종 전원은 실외로 나간다.

뒤양은 황태자와 일요일의 복음서를 읽고 간단한 해설을 더해서 황태자가 참된 기독교인이 되는데 필요한 정신을 불어넣어 준다. 거기에 약간의 교회 문답을 복창 시킬 것.

6) 9시

황태자와 함께 어전에 입실한다. 함께 교회를 다녀온 후, 아침을 먹고, 이후로는 자유 시간으로 하되, 승마, 사냥, 댄스, 체조 등 신체를 단련시킬 수 있는 것에 한한다.

7) 밤 9시

부왕과 왕비에게 문안인사를 올리고, 퇴실 직후, 옷을 벗고 세수를 한다. 그리고 뒤양 교육관과 함께 무릎을 꿇고 기도를 드린 후 찬송가를 부른다.

 8) 종료 후 즉시 취침.


 월요일부터 금요일까지의 기상 시간은 한 시간 이른 6시였다. 이 닷새 동안은 시간표가 꽉 찬 완전한 학습이었다.

 뒤양과 역사 공부, 기독교 수업, 지리 학습, 유럽 각국의 도시와 세력의 강약 관계, 영토의 대소, 빈부의 상황을 상세하게 배워야했다. 오후 네 시쯤에는 독일어로 편지쓰기를 익혔다. 그리고 5시부터는 승마를 겸한 야외 산책이었다. 개인행동이란 아예 꿈도 꿀 수 없었다.

 그리고 토요일엔 일주일 동안 배운 것을 시험했다. 이 시험에 합격하지 못하면 토요일 오후에는 부족한 공부를 완전히 습득하도록 했다.

 이렇게 꽉 찬 스케줄 때문에 숨 한 번 크게 쉴 수 없었다. 황태자는 아버지의 이런 절대적인 억압이 싫었다. 자신이 황태자인 것도 싫고, 부귀영화도 싫고, 제왕이 되는 것도 싫었다.

 그러나 별 수는 없었다. 철의 장막이 드리워진 것 같은 궁중이 황태자는 답답하여 미칠 지경이었다.

 거기다 더 견디기 힘든 것은 걸핏하면 회초리를 맞는 일이었다. 그것도 밀실이 아니고, 국사와 시종들이 죄 보는 앞에서 마구 맞았다. 시종들 앞에서 회초리를 맞는 황태자의 체면은 말이 아니었다.

 여리고, 다감하고, 섬세한 황태자는 이런 궁중 생활이 지긋

지긋했다. 이런 생활에 넌덜머리가 나 드디어는 삐뚤어지기 시작했다. 바야흐로 반항의 시기가 온 것이다. 이런 과도기적 현상은 슬슬 게으름을 피우고, 아버지의 학습 계획에 들어있지 않은 학과를 공부하는 것으로 나타났다.

황태자는 제왕학과는 거리가 먼 시학(詩學)이나 회화, 그리스와 로마의 고전문학, 또는 기행문이나 회상록을 읽는 것이 유일한 즐거움이요 위안이었다.

그러던 어느 날이었다.

그 날도 황태자는 뒤양 선생을 졸라 라틴어에 심취해 있었다. 그것은 딱딱한 군사학이나 어려운 경제학보다 한결 부드럽고 구미가 당겼다.

그런데 예고도 없이 부왕인 프리드리히 1세가 그 자리에 들이닥쳤다. 너무 뜻밖이라 둘은 멍하니 대왕을 올려다보기만 했다.

시키는 공부는 하지 않고 딴 짓을 하는 황태자와 뒤양 교육관을 보자 국왕은 화가 머리끝까지 치밀었다. 국왕은 자신이 일국의 군주라는 사실도 까먹은 채, 뒤양 교육관을 마구두들겨 패기 시작했다.

대왕은 평소 장차 제왕이 될 황태자에게 불만이 이만저만이 아니었다. 황태자는 사내답지 않게 곱살 맞고 여성스러우며, 풍모가 시원찮았다. 황태자에게 가장 화가 나는 것은 남성다운 맛이 전혀 없는 승마 자세였다. 안장에서 떨어질까

벌벌 떨면서, 등을 구부리고 앉은 모습에서 사내다운 의젓한 구석이라고는 찾아볼 수가 없었다.

사냥을 할 때도 마찬가지였다. 황태자는 사냥을 무슨 사교 댄스쯤으로 여기는지, 계집애처럼 레이스가 달린 셔츠를 입고 손에는 장갑까지 꼈다.

열다섯 살의 황태자는 독서나 음악 연주가 좋은 예민한 감성의 소유자였다. 남성미라고는 찾아볼 수가 없었다.

제왕 교육에 실망한 부왕의 노여움은 컸다. 따라서 황태자 또한 부왕의 억압을 도저히 소화시킬 수 없었다. 황태자는 스스로 부왕에 대한 반항을 표면화하기 시작했다. 좋은 예로 황태자는 부왕이 질색하는 파마를 해버렸다. 당시 명성을 떨치던 예술계의 거장들 사이에서 유행하던 곱슬머리를 왕도, 왕비의 허락도 없이 슬그머니 해버렸다.

이로 인해 부자 사이는 극도로 악화되었다. 국왕에게는 오로지 황태자에 대한 미움만 남았다. 그런 와중에도 황태자는 부왕 몰래 거리의 허름한 은신처로 달아나 이중생활을 영위했다. 황태자는 틈만 나면 거기로 달려가곤 했다.

그의 이중생활은 방탕과는 그 의미가 본질적으로 달랐다. 전혀 색이 다른 외도였다. 황태자가 거리의 은신처에 계집애를 끌어들인다거나, 못된 친구들을 불러다 놀며 즐기는 것은 아니었다. 다행히도 황태자가 거기서 탐닉한 것은 서적이었다. 궁중에서는 허용되지 않던, 부왕이 시키려던 제왕학과는 거리가 먼 일반서적이었다.

은행에서 빌린 돈도 집을 구한 나머지는 모두 서적 구입에
썼다. 국왕이 이 사실을 알았을 때, 황태자의 서적은 무려 4
천여 권이나 되었다고 한다. 대부분이 문학이나 역사에 관한
것이었다.

궁중의 야만적인 현실에서 참되고 인간적인 학술의 세계로
도피하려 했던 것이다. 그러나 고집 센 왕이 이를 달갑게 여
길 리 만무했다. 부왕과 충돌 끝에 황태자는 친구인 카스테
와 함께 아예 베를린을 도망쳐버렸다. 그 때의 나이가 열여
덟이었다.

프리드리히 1세는 노발대발하여, 카스테를 잡아다 처형시키
고, 황태자는 성에 감금해버렸다. 그리고 황태자를 큐스틀린
행정관으로 좌천시키고 엄중히 감시했다.

물론 이 사건은 전 유럽에 태풍 같은 센세이션을 일으켰다.
여러 우방국들은 공식적인 외교 관계를 통해서 황태자를 사
면해야 된다고 진정을 할 정도였다. 차츰 화가 누그러진 왕
은 얼마 후 왕태자와 화해를 하기는 했으나, 속으로는 영 마
땅치가 않았다.

그러나 황태자는 사정이 달랐다. 이젠 책들을 몰래 훔쳐볼
필요가 없게 되었다. 왜냐하면 국왕은 제왕 교육을 치우고,
자유로운 독서를 할 수 있도록 허락해 주었기 때문이다.

프리드리히 2세는 문학은 물론 자연과학, 철학, 도덕 등 제
문제에 관해 마음 놓고 사고할 수 있었다. 그가 무엇보다 기
뻤던 것은 존경하던 볼테르와 교류할 수 있게 된 것이었다.

국왕은 아들이 흡족한 제왕 제목은 아니었지만, 왕비와의

사이에서 태어난 황태자이고, 자신의 혈육이었던 만큼 왕위
는 계승해주었다.

 국왕이 된 프리드리히 2세의 정치는 철학적인 견지에서 보
면 더할 나위 없는 선정이었다고 한다. 뿐만 아니라 그는 학
자로서 여러 분야에 걸쳐 많은 학술적인 연구를 하였고, 또
업적을 남긴 군주였다.

# 관 뚜껑을 덮은 뒤에
## 결말이 난다.

사람의 선과 악, 일의 성공과 실패, 공과 죄는 그 사람이 죽은 *뒤*에 비로소 결말이 나온다. 진서(晉書) 유의전(劉毅傳)에 장부는 관(棺)을 덮은 뒤에 결말이 난다 하여 생존 시에 결정적인 평가를 하는 것을 경계했다.

*한 가지 일로*
*사람의 좋고 나쁨을 판단하진 못한다.*
A man is not good or bad for one action.

# 손 문

1866년 중국 광동 출생
1892년 26세 홍콩 의학교 졸업
1893년 27세 아모이에서 의사 개업
1895년 29세 청일전쟁 때 청조타도 의병을 광동에서
　　　　　　 일으켰으나 사전에 발각되어 해외로 망명
1911년 45세 중화민국 건국
1925년 59세 사망

# 우상을 깨트린 행동파

어느 날 손 문은 여동생이 몹시 우는 것을 발견했다. 그는 다가가 왜 우느냐고 다정하게 물었다. 여동생은 발이 아파서 그런다고 했다.

"발이 아파? 어디 보자. 다쳤니?"

"아니."

"그럼?"

동생은 대답 없이 울기만 했다. 그는 동생의 발을 살펴보았다.

그의 여동생은 내려오는 습관에 따라 '전족'을 하고 그 고통을 이기지 못하여 울고 있었다. 누이의 소복하고 하얀 발등으로 빨갛게 피가 배어나와 있었다.

"세상에 이럴 수가! 어머니! 어머니!"

21

소년 손 문은 벼락같이 어머니를 불렀다.

"왜 이렇게 소란이야? 무슨 일이야? 왜 그래?"

"이게 뭐예요? 왜 이렇게 해야 되지요? 무엇 때문에 이렇게 고통스럽게 해야 하나요? 벗기세요, 당장!"

"뭐라고? 전족을 벗기라고? 그럼, 네가 네 누이를 책임 질 거니? 전족도 안한 여자를 누가 데려간다고, 어떻게 시집보낼 거니?"

어린 손 문은 어머니의 말에 대꾸할 수 없었다. 발이 큰 여자는 시집갈 수 없다고 소리치는 어머니를 설득시킬 명분이 어린 그에게는 아직 없었다. 손 문은 분했다.

어머니의 물음에 대한 답변을 시원하게 해 낼 수 없는 자신에게 분노를 느꼈다. 인간이 당하는 부당한 고통을 보고서도 제지시킬 능력이 없는 자신에게, 또 그런 부당함을 정당한 것으로 인식하고 사는 사람들에게도 분노를 느꼈다.

여느 다른 고장과 마찬가지로 손 문이 사는 마을에서도 노예매매가 성행했다. 노예의 생사는 오로지 주인들의 손에 달렸다. 그러나 그런 부당한 일에도 누구 하나 입도 벙긋하지 않았다. 거기다 대고 인권, 도덕 운운하였다가는 목숨이 날아가는 판이었다. 그런 부당한 일들을 보고 들을 때마다 어린 손 문의 피는 끓어올랐다. 왜 인간이 인간에게 부당한 고통을 주면서 살아야 하나? 어째서 인간이 인간답지 못하고 부당하게 고통을 받으며 살아야 하는가?

그뿐이 아니었다.

여자들은 하나도 빠짐없이 전족을 하였고, 아내의 숫자는 남편이 가진 재산과 능력에 비례했다.

또 사람들은 흙으로 인간의 형상을 한 우상을 만들어 놓고, 틈만 나면 머리를 조아리며 기원하고 축수했다.

이런 일들에 부딪힐 때마다 어린 손 문의 가슴 속에는 혁명의 의지가 생겨났다.

"안 돼! 바꿔야 해. 인간은 짐승과 달라. 인간은 인간으로 인정받으며 인간답게 살아야 해. 이대로는 절대 안 돼. 기필코 바꾸고 말 거야. 인간 대우를 주고받으며 살 수 있는 세상을 만들고 말 테야."

손 문은 때때로 뒷동산에 올라가 아름다운 마을을 내려다보며 그런 생각에 잠기곤 했다. 그가 자란 중국 남단의 광동성 향산현의 취형이라는 농촌 마을은 주강을 끼고돈다. 열대성 기후 지역인데도 겨울이면 하얀 서리를 볼 수 있는 운치가 절경인 마을이었다. 그래서 마을 주변엔 도회지 부자들의 별장이 심심찮게 자리하고 있었다.

그토록 산수가 아름다운 향토에서, 자신이 보고 듣는 것들이 결코 아름답지 않은 현실이 안타까웠다. 그 안타까움은 말로 형언키 어려웠다.

그러던 어느 날, 손 문은 동네 친구들과 함께 이야기를 하며 아지랑이가 피어오르는 뒷동산을 거닐고 있었다. 그들은 조국의 운명에 대해, 인간의 존엄성과 가치에 대해, 자신들의 나아갈 길에 대해 서로 의견을 나누었다.

그러다가 마을의 수호신을 모셔 놓은 사당 앞을 지나게 되었다. 거기에는 흙으로 뭉쳐 빚은, 언뜻 보기에도 흉물스럽고 섬뜩한 흙 인형이 팔을 벌리고 시커멓게 서 있었다.

 그런데 친구들이 갑자기 시키지도 않았는데 누가 먼저랄 것도 없이 일제히, 경건하고 엄숙하게 그 흉측한 흙덩이 앞에 나아가 머리를 조아렸다.

 손 문은 울화통이 치밀었다. 방금 전까지 제법 진보적인 의견들을 피력하던 녀석들이 갑자기 무식한 미개인처럼 행동하는 것이었다. 손 문은 친구들을 향해 소리를 질렀다.

 "너희들 뭐 하는 거야? 그게 뭐하는 짓들이냐고?"

 "아니, 넌 몰라서 묻는 거야? 이 북제신은 우리 마을을 지켜주는 수호신이란 걸 모른단 말이야?"

 "뭐? 수호신!"

 "그래! 너도 와서 절을 올리라고!"

 "야, 이 바보 같은 자식들아! 이 따위 흙덩어리가 어떻게 우리 마을을 지켜주는 수호신이야?"

 "뭐? 애가 큰 일 날 소리를……."

 "도대체 수호신이라는 게 뭐야? 누가, 무엇이 우리 마을을 지켜준단 말이냐? 이 멍청이들아! 우리 마을은 우리 힘으로, 우리 스스로가 지켜야한단 말이야!"

 소년은 열이 나서 그들이 말하는 이른바 수호신의 팔을 움켜잡았다. 흙으로 빚은 북제신의 팔뚝은 푸석거리며 떨어져 나갔다.

 "와, 저런!"

 "큰일 났다. 천벌이 내릴 거야."

 "난 손도 안 댔어."

"마을에서 알면 큰 일 날 텐데."

친구들은 벌벌거리거나 호들갑을 떨며 겁에 질려 입을 벌린 채 멍하니 손 문을 바라보았다.

"천벌이라고? 천벌은 누가 내리고, 누가 받는 건데? 이 따위 황당무계하고 허황된 흙덩어리 우상의 팔이 떨어져 나갔다고 내가 천벌을 받는단 말이냐! 봐! 보란 말이야! 이 팔 병신이 나한테 뭐라고 항의하는가 보란 말이야!"

이 이야기를 전해들은 마을에서는 난리가 났다. 결국 손 문은 마을에서 추방당하고 말았다. 그때 그의 나이 열일곱이었다.

손 문은 오히려 잘 됐다고 생각하며 홍콩 의학교에 입학했다. 그에겐 인체나 혈액이나 병균에 대한 연구보다 병든 조국에 대한 생각이 항상 앞섰다. 못난 중국! 미개한 중국! 야만스럽고, 무지하고, 봉건적인 중국! 늙고 병든 중국을 유럽의 진보적인 선진국들처럼 새롭게 건설하려면 어떻게 해야할까? 이 거대한 땅덩어리를 유럽 제국처럼 강대국으로 만들려면 어떻게 해야 하는가?

이것이 그의 주된 생각이었다. 그렇게 골똘히 생각하던 그는 우선 지금의 정치체제를 뒤집어 민주주의를 확립하여야 한다고 단정하였다. 그렇지 않으면 중국은 멸망하고 말 것이다. 청조를 타도하자.

그러던 차에 청일 전쟁이 일어났다. 결과는 패배였다. 중국 국민에게는 독사처럼 강한 청조였으나 외국 군대에게는 파리 같았다. 드디어 중국 국민은 폭발하기에 이르렀다. 손 문은 때맞추어 청조를 타도하기 위한 군대를 일으켰다. 그러나 동지 중 한 사람이 실행 직전에 정부에 자수하는 바람에 일은 수포로 돌아갔다. 손 문은 다시 해외로 망명하지 않으면 안 되었다. 홍콩에서 하와이로, 하와이에서 일본으로, 일본에서 미국으로, 미국에서 다시 런던으로 외국 망명생활을 계속했다. 그러면서도 그는 단 한시도 조국을 잊어본 적이 없다. 침체하고 후진한 조국을. 합당하고 타당한 온갖 이유와 이론을 앞세운 선진 식민지배주의자들의 지배하에 있는 조국을 기필코 건져내야했다. 일그러진 비극의 대지를 구해야겠다는 야심에 불탔다.

그래서 그가 토해 놓은 것이 삼민주의였다. 중국의 독립과 번영을 희구하는 혁명가로, 망명 생활 중에 익히고 터득한 서구 민주주의를 들여왔다. 손 문 나름대로 짜고, 깁고 살을 붙여 질식 상태에 있는 중국에, 가사 상태에서 촌각을 다투는 그의 조국에 인공호흡기처럼 숨을 불어넣었다.

그 인공호흡기에 함축된 숨결이 바로 삼민주의였다.

그 첫째가 민족주의다.

식민지 열강의 압박에서 해방되어, 우리 민족끼리 차별 없는 평등을 누리면서 중화민국을 건설하자는 취지다.

그 둘째가 이런 민족주의를 채택하자는 민권주의, 그리고 셋째가 민주주의였다. 전통적이면서도 불평등한 경제구조에 일대 변혁을 시도해 보는 동시에, 경제적 도약을 위한 새로운 자본주의로 전향해보자는 것이다.

그러나 중국국민은 민주주의에 대한 식견과 이해가 전혀

없는 불모지대였다.

이런 손 문의 혁명운동은 계속 되었고, 마침내 승리하고 말 았다. 혁명의 싹을 틔운 지 삼십여 년이 지난 뒤였다.

그런 난황 속에서 자신의 혁명 사상을 높은 차원에 투영시 킬 수 있었던 것은 초지일관하는 행동력 덕분이었다. 어린 시절부터 그의 혈관 속을 흐르던 온 몸을 투신하는 행동력 말이다. 자신의 뜻을 설득시키기 위해서는 어떤 불리한 상황 에서도 가차 없이 몸을 던지는 그것이 바로 그의 행동력의 바탕이 되었다.

우상 시비로 마을을 쫓겨난 지 삼십년 만에 해외에서 '귀하 를 신(新) 중화민국 대통령으로 추대합니다.'라는 서한을 받 고도 그의 마음은 조금도 설레지 않았다. 다만 '지금은 적당 한 인물이 없으니, 잠시 동안은 맡아야지.'하고 말했을 뿐이 다. 그는 중화민국을 지배하고 통치하려는 야망가가 아니었 다. 병든 조국을 치료하고자 했던 진실로 위대한 의사였다.

# 인간만사(人間萬事)
# 새옹지마(塞翁之馬)

회남자(淮南子) 인간훈(人間訓)에 나오는 것으로, 긴 안목으로 보면 어느 것이 행인지, 어느 것이 불행인지, *인간의 일은 앞일을 모른다*는 뜻으로 흔히 쓰인다.

하늘의 길은 측량할 수 없다.
Inscrutable are ways of heaven.

옛날 중국의 어느 국경 지방에 한 노인이 살고 있었다. 새(塞)는 국경 방비의 요충을 말한 것이지 노인의 성을 말하는 것은 아니다.

하루는 노인의 말이 국경을 넘어 북쪽으로 달아났다. 동네 사람들은 말을 잃은 노인을 동정했다. 몇 달이 지난 후에 그 말이 호(胡)나라의 좋은 말을 데리고 돌아왔다. 오히려 말 한 필을 더 얻은 것이니 마을 사람들은 이를 축복했다.

그런데 노인의 아들이 승마를 즐기다가 말에서 떨어져 허벅지 뼈가 부러졌기 때문에 사람들은 다시 노인을 동정했다.

그 후 호(胡)나라가 국경을 넘어 쳐들어왔기 때문에 전쟁이 일어났다. 장병들은 모두 징집이 되었다. 노인의 아들은 다리가 불구인지라 전쟁터에 나가지 않았다. 싸움터에 간 장정들은 모두 전사했는데, 노인의 아들은 무사했다.

# 콘라드 아데나워

1876년 독일 쾰른 출생
1894년 18세 제리히만 은행에 취직. 2주일 만에 사직.
        뮌헨대학에서 법률공부 시작
1901년 25세 사법시험 합격
1917년 41세 쾰른 시장 취임
1949년 73세 독일 연방 공화국 초대 수상 취임
1967년 91세 사망

# 친구도 없는 공부벌레

온갖 고난과 역경 속에서 허덕이는 겨레를 구하고, 폐허가 된 조국을 부흥시킨 아데나워가 수상의 자리에 올랐다. 기아 선상에서 허덕이는 조국을 구하고 수상의 자리에 올랐을 때 그의 나이는 일흔세 살이었다. 다른 정치가들은 대개 은퇴를 하는 고령이었다.

그는 수상이 되어서도 다른 지도자나 혁명가들처럼 호쾌한 남아의 기질은 보이지 않았다. 평범하고, 매사를 충분히 생각하고, 계획하고 실천했다. 어린 시절 역시 사춘기적인 센티멘털이나 시시한 감상에 치우치는 일이 없었다.

특별히 괴상하다거나 개구쟁이 짓을 하지도 않았고, 호들갑스럽게 연애소동도 벌이지 않은 평범한 소년이었다.

그에게서 남다른 일면을 굳이 끄집어내자면 어떠한 난관이라도 꿋꿋이 이겨나갈 수 있는 강직하고 굳건한 정신력과 의지가 있었다는 점이다. 그리고 항상 검소하고 절약하며 성실하고 근면하였다. 그는 어려서부터 건축 공사장의 철근처럼 견고한 내면세계를 지녔다. 강하고 곧고 고집스런 아이였다.

아데나워는 아주 가난한 지방 법원 서기의 셋째 아들로 태어났다. 아버지는 엄격하고 정직하고 독실한 가톨릭 신자였다.

집은 자그마한 이층 건물이었다. 살림에 쪼들려 이층 전부와 아래층 반을 세를 들여 내주었기 때문에 좁은 방에 여러 식구가 살아야 했다. 그래서 주인인 그들이 오히려 세 들어사는 기분이 들곤 했다. 그는 항상 형들 틈에 끼어 한 방에서 자야했다. 열일곱 살 때까지 형들과 한 침대에서 자야했다.

가난하게 자랐지만 그는 결코 기가 죽지 않았다. 가난을 저주하거나 불평하지 않았다. 오히려 주어진 현실을 고맙게 여기며 어린 시절을 보냈다.

아데나워는 열망하던 대학을 포기했다. 그리고 생활에 보탬이 되기 위해 제리히만 은행에 견습 사원으로 들어갔다.

알뜰하고 착한 어머니가 저축한 몇 푼은 두 형의 학비로 깡그리 없어졌다. 먹고 살기도 힘든 형편에 대학만 고집할 수는 없었다. 그래서 실망도 했다. 나직하지만 단호하고 엄한 아버지의 말에 순종했다. 자식의 향학열에 찬물을 끼얹어야 하는 아버지로서의 아픔이 담긴 말에 따르지 않을 수 없었던 것이다.

아데나워는 제리히만 은행의 견습 사원으로서 매일 아침 가장 먼저 출근했다. 커튼을 젖히고, 창문을 열고, 빗자루를 들고 청소를 했다. 금고의 장부를 꺼내 각각의 책상 위에 일일이 올려놓아야했고, 선배들의 모닝커피까지 끓여대야 했으며, 그들의 자질구레한 심부름이나 하고 하잘 것 없는 일을 거들고, 우체국이나 오가곤 했다.

아데나워는 그 직업이 마음에 들지 않았다. 아무리 생각하고 또 생각해보아도 도무지 발전이 있을 성 싶지 않았다. 그는 답답하여 아는 사람을 붙들고 물어보았다. 그 은행에서 괜찮은 지위에 오르려면 얼마나 걸리는지.

"은행에 들어온 지 얼마나 되었다고 벌써부터 안달이야?"

"그러게 말이야 나의 견습 사원 시절에 비하면 신선놀음이구만. 그게 힘들고 지겨우면 일찌감치 누워 쉬어! 무덤 속에서."

"참아. 참는 거야, 아데나워!"

그의 질문에 사람들은 욕도 하고, 비난도 하고, 충고도 하고, 격려도 해 주었다. 그는 궁금증을 참지 못해 결국, 쾰른 신문사까지 가서 자세히 알아보았다. 결과는 예상대로였다. 괜찮은 지위에 오른다는 것은 아득하고도 아득한 일이었다.

그는 차라리 잘 되었다고 생각했다. 아데나워는 자신의 끓는 피를 그런 자질구레한 일에 들이 붙고 싶지는 않았다.

그는 결국 은행에 들어간 지 2주일 만에 사직서를 던지고 나와 버렸다. 그것은 순간적인 판단이나 감정의 소산은 아니

었다. 일시적인 충동은 더더구나 아니었다. 충분히 심사숙고
하고, 앞날을 생각해본 결과였다. 조금의 흐트러짐이나 비틀
림도 없었다.

그는 아버지와 상의했다.

"아버지, 전 도저히 은행에서 일을 할 수가 없습니다. 적성
에 맞지 않습니다."

"은행에 취직한 지 며칠이나 되었다고 그런 소리를 하느
냐?

"이미 사표를 냈어요. 죄송합니다, 아버지. 그러나 전 나름
대로 생각이 있습니다. 법률공부를 하겠습니다."

"법률공부?"

"네, 조금만 도와주십시오. 결코 실망시키지 않겠습니다. 보
람을 가지실 수 있도록 노력하겠습니다."

아데나워의 단호하고 신념에 찬 이야기는 아버지를 감동시
켰다. 엄하고 꼬장꼬장한 지방 법원 서기를 감복시켰다. 그
의 설득은 그만큼 집요했다. 그는 드디어 법률공부를 시작하
였다.

그는 학교 친구들 사이에서 공부벌레로 통했다. 비가 오나
눈이 오나 오로지 공부, 공부였다. 게다가 그는 원래 가진
것 없는 가난뱅이임에도 다시 학업을 잇게 보살펴주신 부모
님의 은혜에 보답하기 위해 아끼고 또 아껴야했다. 그렇게
절약하는 그를 친구들은 아예 상대조차 하지 않으려들었다.

" 아유, 저 자린고비, 짜다 짜."

"저 녀석에게 커피 한 잔 얻어 마시려면 아마 석 달은 졸

라야 할 거야.”

그러나 그는 개의치 않았다. 친구들의 야유를 받으면서도 오로지 공부에만 매진했다. 밤늦도록 법률 서적에 파묻혔다가 지치고 졸리면 맨발을 차가운 얼음물에 담그고 공부만 했다.

“뭐 저런 지독한 녀석이 다 있어?”

“저렇게 공부만 해서 얼마나 높은 자릴 해 먹겠다는 거야?”

“두더지가 땅만 파듯 평생 책만 파라고 내버려 둬!”

“공부하는 자여, 그대는 평생 공부만 하라!”

“가엾다, 불쌍한 청춘이여!”

친구들이 비웃은들 어떠랴! 그런 아데나워의 집념이 결국 일국의 수상에까지 오르게 하지 않았는가!

불타는 야망을 깊이 잠재우고 조용히, 그리고 침착하게 한 걸음, 한 걸음 재상의 자리를 향해 한 계단 한 계단 올라갔다.

그는 수상 직에 오른 뒤에도 수많은 야유와 격려를 받았다. 늙은 인디언 추장처럼 고집 센 영감쟁이.

끊임없이 노력하고, 연마하며, 가동하는 불도저. 불가항력에 도전하는 불굴의 조국 건설 일꾼.

그렇다고 그렇게 기계적이고 사무적이고 딱딱하기만 한 사나이는 아니었다. 조국을 사랑하는 만큼 꽃을 사랑하였고, 자연을 아끼고 보살폈다. 그는 한 때 이렇게 회고한 적도 있다.

"나는 어렸을 적에 원예가를 꿈꾼 적이 있습니다. 난 어려서부터 꽃을 아주 좋아했지요. 나는 두 종류의 오랑캐꽃을 교배하여 신품종을 개발하고 싶었습니다. 신품종 아데나워 삼색 오랑캐꽃을 개발하는 것이 소원이었습니다. 결국 실패했지만 그것은 나에게 아주 좋은 교훈을 남겨 주었습니다. 인간은 결코 신의 일에 관여해서는 안 된다고요. 나는 그 후부터 인간으로서 할 수 있는 일을, 능력만큼 해내기로 결심했고, 또 그렇게 했습니다."

그는 신품종 삼색 오랑캐꽃을 만드는 대신 독일을 구해냈다.

운명은 우리에게서
재물은 빼앗아 갈 수 있지만,
용기를 빼앗지는 못한다.

일단 모아놓은 재물을 하루아침에 잃는 운명에 부딪칠 수는 있지만, 재기의 용기마저 빼앗지는 않는다. 그 용기가 있으면 잃은 재물을 되찾을 수 있다. **용기**만은 *자신의 것*이라는 뜻이다.

세네카

# 우탄트

1909년 미얀마 판타나우에서 출생
1926년 17세 랑군대학 졸업
1928년 19세 판타나우 고교 교사가 됨
1949년 40세 행정차관이 됨
1950년 41세 경제사회 사무국장으로 임명됨
1961년 52세 함마슐드 잔여임기 대리사무총장으로 임명됨
1962년 53세 유엔 사무총장으로 피선

# 미얀마의 '엄친아'
# UN 사무총장이 되었네

감수성이 가장 예민한 때인 열네 살에 그는 아버지를 잃었다. 좌절하기 쉬운 나이에 아버지가 돌아가셨던 것이다.

아버지의 죽음이 안겨준 타격은 대단했다. 우탄트가 세상에 태어나서 처음으로 겪는 시련이었다. 아버지가 베풀어 주시던 사랑만 잃은 것이 아니었다. 당시의 탄트에게는 중요했던 학문은 물론 장래희망마저 포기해야했다.

탄트의 장래희망은 신문기자가 되는 것이었다. 그러나 신문기자의 보수만으로는 가족들의 생계를 꾸려나갈 수 없었다. 슬픔에만 빠진 채, 정상 궤도를 찾지 못하고 허우적거리기만 하는 어머니를 졸라 대학에 진학할 수도 없었다. 그의 경제사정은 당장의 생활유지도 힘들었다.

우탄트는 미얀마의 이라와디 강 입구에 자리 잡은 판타나우에서 태어났다. 그 지방은 지형이 평탄한 델타지대였다. 넓은 평야가 끝을 모르게 펼쳐져 있는 농경 지대였다.

판타나우는 특출한 인물이 많이 나는 홀륭한 고장도 아니고, 경치가 수려한 아름다운 곳도 아니었으며, 이렇다 할 특산물이 나는 것도 아니었다. 그러나 그 고장 사람들은 거기서 늘 즐겁고 평화롭고 안락하고 윤택한 삶을 누렸다.

그 중에서도 탄트네 집은 유난히 더 부유했다. 그의 할아버지가 정미소를 운영하여 재산을 많이 모았기 때문이었다. 그래서 그는 어려서부터 남들이 다 부러워하는 하얀 쌀밥을 배부르게 먹었다. 신앙심이 깊고, 교양 있고, 이해심이 많은 어머니 밑에서 아무런 구애도 받지 않고 구김살도 티도 없이 맑게 자랐다.

탄트네 가정은 매우 경건하고 신앙심이 독실한 불교도였다. 아버지와 어머니는 교리를 매우 엄격하게 지켰고, 아이들에게도 깊은 감화를 주었다. 한마디로 성스러운 가정이었다.

아버지는 품성이 온화하고 선량한 인텔리였다. 캘커타에서 대학까지 마친 탄트의 아버지는 판타나우에서 유일하게 영어를 습득한 유지였다. 당시 미얀마에는 대학교가 없었다. 그는 자식들에게도 몹시 자상했다. 탄트를 비롯한 아이들과 자주 놀아주기도 했다. 가난하다고 사람들을 결코 멸시하지 않았고 항상 도와주었다. 관대하고 사려가 깊을 뿐만 아니라 포용력까지 지닌 사람이었다.

그는 마을사람들에게도, 아내에게도, 자식들에게도 깊은 사랑과 존경을 받으며 수도승 같은 삶을 영위했다.

"넌 장차 어떤 사람이 되고 싶으냐?"

하고 물으면 그의 자식들은 하나같이 이렇게 대답했다고 한다. 우탄트 역시 그랬다.

"예, 전 아버지 같이 훌륭하고 좋은 사람이 되고 싶어요."

위대한 학자도 아니고, 추앙받는 지도자도 아니고, 권력가도 정치가도 아닌 평범한 아버지였지만 그는 아무튼 존경받는 가장이었다.

그런 환경에서 자란 우탄트는 건강한 정신과 건강한 육체를 지니고 성장했다.

탄트의 어머니는 이렇게 말한 적도 있다.

"탄트의 유년 시절을 회상해 보면 그를 벌주어야 할 일이 단 한 번도 없었다."

학창시절에도 그는 태만하거나 으스대거나 들뜨지 않고, 항상 점잖고 과묵하였다. 한 번도 신앙심을 잃는 일 없이 부처님의 가르침을 충실히 지켰고, 자기 자신에게도 매우 엄격하였다.

그의 수업 태도는 단정했으며, 성적도 단연코 우등이었다. 그가 다녔던 판타나우 고등학교 선생님들은 그를 대단히 신뢰했다. 그 학교에 재직 중이던 한 인도인 교사는 그에게 수업 이외에 정치나 시사, 문학, 철학 등을 특별히 지도했다고 한다. 물론 선생은 세심하고 정열적으로 그를 지도하기도 했지만, 탄트의 실력 또한 우수했다. 어떤 때는 불교 교리에 대한 지식과 교양이 가르치는 선생보다 더 나을 때도 있었다.

그는 또 사교성과 유머를 가졌고, 침묵과 용기를 동시에 품은 대범한 성품이었다. 급우들에게도 자상하면서도 의젓하고, 적대감을 가져본 적이 없었다. 친구들은 그를 따르고 좋아했다.

그런 그였지만 아버지의 죽음은 굉장한 쇼크였다. 한 가정의 중심적 존재인 장남, 즉 열네 살의 나이에 졸지에 가장이 되어버린 것이다. 그 나이에 상상도 해보지 않았던 무거운 책임이 지워진 것이다.

더욱 그를 당황하고 절망하게 만든 것은 큰아버지의 죽음이었다. 큰아버지는 아버지와 함께 사업을 경영했었다.

유산은 큰집과 탄트네가 똑같이 분배받게 되어 있었다. 그 정도의 유산이면 생활이나 교육에 어렵지 않을 만큼 상당한 것이었다. 그러나 이 적잖은 재산마저 깡그리 날려버렸다.

큰어머니 쪽에 조카뻘 되는 깡패가 하나 있었다. 그 음흉한 깡패는 남편을 여의고 실의에 빠져 있는 병약한 큰어머니를 감언이설로 꾀어, 어린 탄트와 선량한 탄트의 어머니를 고소하게 하였다.

큰아버지가 살아계실 적에 논밭을 사기 위해 탄트의 아버지에게 맡긴 돈이 있었다고 허위로 문서를 조작했던 것이다. 거기다 그 깡패는 이미 판사에게 비싸고 멋진 영국제 자동차까지 선물해 놓았던 터라 탄트의 패소는 당연한 일이었다.

그 당시 미얀마의 사법기관은 몹시 부패해 있었다. 그래서 부친이 남겨준 유산은 그렇게 빼앗겨버렸다. 재판비용과 교묘하게 꾸며진 빚을 갚고 나니 생계조차 어려웠다.

탄트의 가족들은 가장을 잃은 슬픔이 채 가시기도 전에 재산마저 빼앗기고 궁지에 몰려 어찌할 바를 몰랐다. 그것은 열네 살 소년에겐 크나 큰 쇼크였다.

탄트는 처음으로 인간에 대한 증오를 느꼈고, 부정(不正)의 뿌리를 보았다.

우탄트는 부정한 인간에 대한 증오만 쌓고 있지는 않았다. 그는 불교에서 비롯된 그의 인생관 때문이었는지 사리가 분명하였다. 그는 인간의 심성에 대해 깊이 이해했다. 그리고 어려운 문제들을 냉정하게 판단하고, 끈기 있게 풀어나갔다.

그는 교사가 되기로 했다. 교사라는 직업이 금전적인 면에서 결코 풍족하진 않았지만 안정된 직업이었다. 그리고 존경받을 수 있다는 점에서 그의 적성에 맞을 것 같았다. 존경받을 수 있다고 해서, 그저 남의 우러름이나 받고자 하는 속셈은 아니었다. 조국의 역사와 비참한 현실을, 그리고 조국의 장래를 후배들에게 설득력 있게 피력하리라 마음먹었다.

당시의 교사들은 매우 정열적인 조국애를 지닌 청년들이었다고 한다. 그래서 그런지 몰라도 미얀마의 지도자들은 거의가 교사 출신이었다고 한다.

탄트는 다른 일은 제쳐놓고 열심히 공부했다. 오로지 모교인 판타나우 고등학교의 교사가 되기 위하여 학문 탐구에 무섭게 열을 올린 것이다.

그는 열아홉에 교사 시험에 합격했다. 그리고 판타나우 고등학교 상급반 교사가 되었다. 그리고 꾸준히 교직에 임했다. 평교사에서 주임교사로, 교감에서 교장으로, 그저 후배

양성에 전력을 기울일 뿐이었다.

관직이나 행정에 관심이 없었던 그는 마흔 살 때까지 미얀마 밖으로 한 발자국도 나가보지 않았다. UN 가입국의 만장일치로 사무총장이 되어 평화를 위해 권력 아닌 권력을 행사하게 될 줄은 우탄트 자신조차 예상치 못했었다. 그의 신념은 천하를 손아귀에 쥐고 권좌에 앉아 으스대는 것이 아니라, '참되고 진실하게 사는 것' 자체가 인생관이었기 때문이었다.

탄트는 인생의 순리를 존중하며 살아온 인물이다. 그저 열심히 자기 세계를 구축해 나가면 저절로 길은 열리게 된다는 산 표본이다. 명예와 권력을 쟁취하기 위해 음모와 아첨, 권모술수를 쓰지 않아도 길은 열린다는 진리를 증명해주는 증인이 되었다.

그가 사무총장이 되기 1년 전, UN 평화사절단을 태우고 콩고로 가던 비행기가 중앙아프리카에서 추락했다. 이 사고로 함마슐드가 사망했다. 당시 탄트는 주미대사였다.

사무총장 후임으로 가장 유력한 후보에 올랐음에도 탄트는 망설였다. 왜냐하면 전 사무총장인 함마슐드는 독신이어서 하루에 열여섯 시간이나 일할 수 있었던 반면, 자신은 가족을 거느리고 있었기 때문에 가족을 위한 시간을 조금이라도 가져야했다. 그리고 함마슐드는 여러 외국어에도 통달한 반면, 자신은 외국어라곤 영어밖에 몰랐기 때문이었다.

그래서 그는 그 자리를 얻기 위한 어떤 공작도 하지 않았다. 그러나 UN 대표들은 이미 그를 최고의 적임자로 꼽은

후였다. 그의 냉정한 두뇌와 따뜻한 가슴을 누구나 믿었다.

 시와 때를 가리지 않고 일어나는 각종 문제들뿐만 아니라 가끔 일어나는 직무상의 인신공격 같은 문젯거리도 능히 처리할 수 있으리라 믿었기 때문이었다. 그는 진정 세계평화를 위해 살아있는 부처님과 같은 인물이었던 것이다.

# 행복할 때는 즐겨라.
# 불행할 때는 생각하라.

불행은 단독으로 오지 않는다.
Misfortunes seldom come alone.
하나의 불행한 일이 생기면
연쇄반응으로 여러 *불행한 일이 겹친다*는 말.

장님도 때로는
까마귀를 잡을 때가 있다.
A blindman may sometimes shoot a crow.
뜻밖의 행운을 얻었을 때, 불가능하게 보이던 일이 성사되었을 때
쓰.

# 올바른 자의 머리 위에는
# 행운이 온다.

착하고 의로운 자에게는
하느님이 복을 주신다는 뜻.

## 운은 누워서 기다려라.

　근본적으로 운을 하늘에 맡기는 사상에서 나온 말로, 발버둥 쳐야 소용없는 일이니, 운이 찾아올 때까지 *지그시 기다리라*는 뜻이다.

## 자고 있는 사람의 그물에 고기가 잡혔다.

The net of sleeper catches fish.

# 아이작 뉴턴

1642년 영국 그랑생 출생

1655년 13세 그랑생 킹스쿨 입학

1661년 19세 캠브리지의 트리니티 칼리지에 입학

1667년 25세 반사망원경 발명

1669년 27세 캠브리지 교수가 됨. 무한급수,
　　　　　　　　물질의 색상과 빛의 관계 발표

1727년 85세 런던에서 사망

# 꼴찌가
# 만유인력의 법칙을 발견

무한급수의 방법을 발견하고, 쌍곡선의 면적을 계산해 냈고, 떨어지는 사과를 보고 만유인력의 법칙을 발견하여 현대 과학의 토대를 이룩한 아이작 뉴턴은 손장난을 몹시 좋아하는 소년이었다. 잠시도 손을 가만히 두지 못하고 뭔가를 만지고 주물럭거렸다. 그런데 뉴턴의 손을 거쳐 간 물건들이 단순히 망가지기만 한다고 일축하기엔 어딘가가 달랐다.

왜냐하면 그 물건들에는 항상 새로운 현상이 나타나 있었기 때문이다. 보통의 아이들은 물론, 어른도 쉽게 생각해낼 수 없는 기발한 것들이었다. 어린아이의 아이디어라고는 도저히 믿기지 않는 놀랄만한 것들이었다. 뉴턴의 손은 단순히 손장난으로 물건을 망가뜨리는 가시손이 아니라 발명의 도구였다.

어느 날의 일이었다. 뉴턴은 며칠 전 할머니가 부탁한 일을 기억하고 창고에서 커다란 나무통을 꺼냈다. 그것은 물통이었다. 할머니가 그 나무 물통이 샌다며 고쳐줄 수 없겠느냐고 물었던 것이다.

뉴턴은 물통을 꺼내와 물을 부어 새는 곳을 점검하고 뚝딱뚝딱 고치기 시작했다.

그런데 얼마쯤 지나자, 그 물통에다 도리어 구멍을 뚫고 있었다.

"아니, 얘, 새는 물통을 고치라니까 도리어 구멍을 뚫고 있냐?"

소년은 땀을 뻘뻘 흘리며 대답이 없었다. 하루 종일 나무통 주위를 맴돌며 구멍을 뚫었다가 물을 부어보고는 또다시 구멍을 막았다. 그리고 또 뚫었다. 저녁때가 되어 저녁밥을 준비해놨는데도 뉴턴은 나무통 곁을 떠날 줄 몰랐다.

"너 도대체 뭐하고 있는 거냐?"

그제야 뉴턴은 고개를 들어 싱긋 웃고는 할머니에게 대답했다.

"시계를 만들고 있어요. 할머니, 여기 통 속을 들여다보세요. 여기 굵은 선이 일곱 개 그려져 있지요? 가운데 줄까지 물이 줄어들면 한낮이 되는 거예요."

손자의 설명을 이해할 수 없는 할머니는 고개를 갸웃거리며 통속을 들여다보았다. 과연 통 속에는 일곱 개의 줄이 그어져 있고, 졸졸졸 물이 새나감과 동시에 새는 물에 비례하여 그어진 줄이 물 밖으로 드러났다. 조선 세종 때 장영실이 발명했다는 자격루와 비슷한 이른바 물시계였다. 그 나이의 어린아이로서는 굉장한 발명이었다. 통이야 이미 망가진 것이었고, 할머니는 손자의 기를 북돋아주고 물끄러미 바라보았다.

할머니가 보기에 머리가 좋은 아이임에는 틀림없었다. 그러나 학교 성적은 거의 빵점이었다. 어떻게 해야 저 아이가 공부에 재미를 붙일까, 할머니는 아이를 볼 때마다 그 생각뿐이었다. 수학이나 물리, 어학 공부보다는, 뚝딱뚝딱 목공일이나 하고 기계부속을 만지작거리는 것을 훨씬 즐거워하는 뉴턴을 공부 쪽으로 돌려세우기는 쉬운 일이 아니었다. 자기가 발명한 것을 보고 기쁨으로 가득 차 반짝이는 뉴턴의 눈망울을 바라보며 할머니는 거듭 고심했다.

뉴턴은 할머니 손에 자랐다. 아버지는 뉴턴이 태어나기도 전에 이미 이 세상을 떠났다. 어머니마저 뉴턴이 세 살 때 재혼을 해버렸다. 어머니가 어린 젖먹이를 떼놓고 재가하는 바람에 뉴턴은 자연히 외할머니 손에서 자라게 된 것이었다.

할머니는 어린 손자를 위하여 많은 장난감을 마련해 주었다. 엄마 품에서 떨어진 아이를 조금이라도 덜 울리기 위해서였다. 그래서 뉴턴은 물체를 의식할 수 있는 감각이 생긴 순간부터 항상 무언가를 만지작거리며 자라왔다. 그런 이유 때문에 깊이 사고하고 연구하는 것에는 흥미가 없었다. 풍차를 이용해 방아를 만든다든지, 물통으로 물시계를 만드는 것도 이론적인 체계가 있어서 그런 건 아니었다. 그저 손에 잡혔고, 그것을 만지작거리다보니 그런 생각이 떠올랐던 것이다.

할머니는 가난했지만 하나뿐인 손자를 어떻게든 훌륭한 학자로 키우고 싶었다. 그런데 공부에는 눈도 돌리지 않고, 무엇이든 주물럭거리니, 저러다가 목수나 되지 않을까 조바심이 났다. 할머니는 오로지 손자를 공부하는 아이로 만들고 싶었다.

그러던 어느 날 뉴턴은 물레방아를 만들었다. 그것은 뉴턴에게는 대단한 기쁨이었다. 그것을 보고 집안어른들과, 마을 사람들은 아주 재미있어하고 신기해했다. 뉴턴은 의기양양해서 그 물레방아를 가지고 학교로 갔다. 그리고 수업이 끝나고 반 아이들을 데리고 학교 뒤 작은 시냇가로 갔다. 그곳에서 자신의 발명품을 실험해보기 위해서였다.

그 물레방아에는 몇 개의 톱니가 서로 맞물려서 작은 맷돌이 돌아가게 조작되어 있었다. 실험은 멋지게 성공했다. 아이들은 탄성을 질렀다. 뉴턴은 으쓱해졌다. 그때 반에서 공부를 제일 잘하는 반장이 뉴턴의 앞으로 나서며, 질문했다.

"너, 어째서 물레방아가 도는 힘으로 맷돌이 돌아가고, 맷돌이 돌면 왜 밀알이 밀가루가 되는지 설명해 봐. 설명할 수 있니?"

뉴턴은 말문이 막혔다. 물건을 만지작거리다가 그저 생각나는 대로 만들어냈을 뿐 원리나 이유는 몰랐다.

"몰라? 설명할 수 없다는 말이지? 그냥 뚝딱뚝딱 만들기만 하면 그게 무슨 발명이야? 또 그게 무슨 연구냐? 그냥 하찮은 목수지. 안 그래?"

반장의 이 말을 듣고, 좀 전엔 대단한 발명을 했다며 칭찬하던 아이들도 일제히 비난하기 시작했다.

"에이, 목수! 시시한 목수장이야!"

뉴턴은 자존심도 상하고 화가 났다. 그래서 그래도 이건 분명히 내가 생각하고 내가 만든 것이라고 소리를 버럭 질렀다. 그러면 그럴수록 반장은 더 기가 살아서, 뉴턴의 기를 죽이려고만 했다.

자기가 만들고도 그것을 설명할 수 없다면, 그게 무슨 의미가 있느냐는 거였다. 생각해보면 그 말도 맞는 말이었다. 지극히 당연한 이야기였다. 그러나 꼴찌를 면해본 적이 없는 뉴턴으로서는 도저히 이론적으로 설명할 수가 없었다. 그래도 지는 것만은 싫었던 뉴턴은 대들었다. 물레방아가 돌아가니까 맷돌이 돌아가고, 맷돌이 돌아가니까 밀알이 갈아져서 가루가 되는 것 아니냐고. 네가 미처 생각지 못한 것을 내가 먼저 생각해 만들어 놓으니까 샘이 나서 그러느냐고 맞받아쳤다. 반장은 반장대로 멍청한 예비 목수라고 비아냥거렸다.

그러다가 결국 두 사람은 싸움이 붙었다. 뉴턴은 숨이 턱에 닿을 만큼 센 발길에 채여 넘어졌다. 넘어져 생각하니 여간 분하지 않았다. 공부를 못해서 그것을 이론적으로 설명할 수 없는 것도, 그로 인하여 자신의 발명품이 무시당하는 것도 분했다. 얻어터진 것도, 한 방도 때려주지 못한 것도 분했다.

뉴턴은 이를 악물고 일어섰다. 반장과 아이들 떼거리가 저만치 걸어가고 있었다. 뉴턴은 달려가 단숨에 반장을 때려눕혔다. 이제껏 쌓인 울분이 한꺼번에 쏟아진 것이었다. 생후 최초의 싸움이었다. 원 없이 팼다. 그러나 마음은 개운치 않았다.

반장이 말한 물레방아의 힘의 원리에 대한 설명을 할 수 없었기 때문이었다. 아무리 훌륭하고 기발한 착상이라도 그 원리를 알고 설명하지 못한다면 절름발이나 다름없기 때문이었다. 기구를 만드는 것은 이겼다. 싸움에서도 이겼다. 그러나 이론에선 진 것이다. 하나를 진 것은 다 진 것이나 다름없다고 생각했다.

이제까지 그래왔다는 것을 어린 뉴턴은 그제야 깨달았다. 그리고 공부의 필요를, 학문의 위력을 실감했던 것이다. 공부를 해야겠구나. 그래, 공부하자. 수학, 물리학……

그때부터 뉴턴은 머릿속에 떠오른 모든 문제들에 대해서 이론을 추구하기 시작했다. 결코 중도에서 포기하는 일 없이 악착같이 달라붙어 끝장을 보았다. 이론적으로 체계가 서지 않는 발견은, 그것이 어떤 것이건 스스로 인정하기를 거부했다.

어느 청명한 오후, 뉴턴은 정원 한 편에 놓여있는 의자에 앉아 조용히 독서를 즐기고 있었다. 포근하고 부드러운 햇볕 아래서 뉴턴은 어느새 꾸벅꾸벅 졸았다. 그때 갑자기 누군가가 그의 어깨를 툭 쳤다. 뉴턴은 깜짝 놀라 벌떡 일어섰다. 그리고 숲이 우거진 뒷마당을 두루 살펴보았다.

그러나 거기엔 아무 것도 없었다. 단지 그가 앉은 발치에 빨간 사과 한 개가 떨어져 있을 뿐이었다. 뉴턴은 무심코 사과를 집어 들었다. 그리고 사과나무를 쳐다보았다. 그의 어깨를 친 것은 사과였던 것이다. 그때 무언가 그의 뇌리를 스치는 것이 있었다.

우주의 인력에 관한 것이었다. 태양과 달과 지구와 별들의 관계였다. 지구는 태양의 주위를 돌고, 달은 지구의 주위를 돈다. 수억만 년 동안 똑같은 거리를 유지하고 조금도 변함없이 돌고 있는 것이다. 이것은 이미 갈릴레오가 발견한 사실이었다. 그런데 사과는 지구 위, 즉 땅으로 떨어진 것이다.

이것은 인력의 힘이 틀림없다! 이 인력은 과연 지구와 태양과 달 사이에서 어떻게 작용할까?

물체가 지구로 끌려들어가는 지구의 인력에 대해 의문을 가지기 시작했다. 그리고 지구의 인력, 즉 만유인력의 문제를 무려 60년 동안이나 연구했다. 긴 세월 동안 만유인력을 연구한 끝에 결국 그 문제를 풀었다. 그래서 만유인력의 법칙을 학설로 증명했다.

소년시절 친구로부터 이론이 빈약하다는 비난을 받지 않았다면, 그는 이론은 없이 손으로만 일하는 가난뱅이 목수에 지나지 않았을지도 모른다. 아무리 기발하고 뛰어난 착안을 한대도, 그것을 끝까지 연구하여 증명하지 않으면 그저 유용한 도구에 지나지 않을 것이다. 천재 과학자의 위대함은 끝까지 연구하여 증명을 이루어낸 바로 그 점에 있는 것이리라. 뉴턴의 업적은 바로 이런 끈질긴 이론추구의 소산이었다.

아버지는
  자식을 위해 감추고,
자식은
  아버지를 위해 감춘다.

부위자은

(父爲子隱)

자위부은

(子爲父隱)

논어(論語) 자로편(子路篇)에 섭공(葉公)이 공자에게 이야기하기를, 나의 향당(鄕黨)에 고지식한 궁(躬)이란 자가 있었는데, 그 아버지가 양을 훔친 것을 그대로 증언하였다고 합니다.

공자가 말하기를'나의 향당의 정직한 자는 이와 다르다. 아버지는 자식을 위해 감추고, 자식은 아버지를 위해 감추는 도다. 올바른 것이 그 속에 있다.'라고 했다.

훔친 행위는 나쁘지만, 자식이 아버지를 비호하는 것이 당연하다는 것이다. 일이 이율배반(二律背反)적인 이런 경우, 부자는 역시 시비를 넘어 감춰주는 것이 옳다고 보고 있다.

# 토머스 에디슨

1847년 미국 오하이오 출생

1859년 12세 그랜드 트랭크 철도 판매원으로 취직

1862년 15세 전보국 경영

1868년 21세 전기 벌레퇴치장치 발명.

　　　　　이로부터 천삼백여 개의 발명특허를 얻음

1913년 66세 사망

# 공부 못해
# 학교에서 쫓겨난 발명왕

인류 문명의 발전에 지대한 공헌을 하였던 이가 바로 토머스 에디슨이다. 오늘날과 같은 문명 세계의 기초 발판을 마련한 것이 발명왕 에디슨이라고 해도 과언이 아닐 것이다. 그런데 그런 그의 획기적인 공적을 더듬어볼 때 이해하기 힘든 소년시절이 있었다.

그는 너무 공부를 못했다. 그래서 선생님께 쫓겨 올 지경이었다. 읽기, 쓰기, 셈하기는 물론, 열아홉 살 때까지 문장의 구두점조차 제대로 분간하지 못했다. 그만큼 공부 방면에서는 구제불능이라 해도 좋았다. 반에서는 언제나 꼴찌를 도맡았다. 아버지조차도 저능아로 치부해버렸다. 아버지는 아들의 장래나 교육에 대해선 아예 관심조차 두지 않았다. 그래도 어머니는 어떻게든 가르쳐 보려고 가기 싫다는데도 억지로 달래고 달래서 학교에 보냈다.

그러던 어느 날이었다. 기어코 에디슨은 선생님께 내몰리며 어머니 앞에 나타났다. 선생님의 말은 이랬다.

"에디슨은 골이 비어있는 것 같습니다. 어떤 면에서도 지능이라곤 찾아볼 수 없습니다. 그렇다고 죽은 듯이 가만히 앉아 있으면 그나마 다행이겠는데, 그것도 아닙니다. 수업 중에 꾸벅꾸벅 졸지 않으면, 한눈을 팔아 다른 아이들의 수업에 방해만 되고 있습니다. 이 아이는 다른 학생들에게 나쁜 영향만 끼칠 뿐입니다. 그래서 학급의 평판을 떨어뜨리기 때문에 더 이상 가르칠 수가 없습니다."

"말씀 잘 들었습니다. 알겠습니다. 선생님께 폐만 끼쳐드려 죄송합니다. 내일부터 아이는 학교에 보내지 않겠습니다. 대신 제가 책임지고 가르치지요. 틀림없이 훌륭한 인재로 만들어 보겠어요."

"어려우실 거예요. 이 아이는 바보에 가까워요. 가정교사를 들이세요."

"염려 마세요. 내 아들은 절대 바보가 아니에요. 두고 보세요."

어머니는 가슴에 대못이 박히는 아픔을 참으며 선생에게 쏘아붙였다.

난 알아. 내 아들에게는 다른 아이들은 결코 해낼 수 없는 훌륭한 재능이 있단 걸 말이야.

남들이 뭐라고 하건 에디슨의 어머니는 그렇게 믿었다.

불이 타는 것을 보기 위해 헛간에 불을 지른 아이.

닭이 알을 품어 병아리가 깨어 나오는 이치를 확인하기 위해 헛간에 보금자리를 만들고 계란을 품던 아이.

채소 장사를 하여 번 돈을 몽땅 털어 화학약품을 사버린 아이.

지하실 한 구석에 아무도 몰래 실험대를 만들어 놓은 아이.

"이런 아이가 어떻게 바보란 말인가! 어째서 내 아들이 바보란 말인가! 내 아들은 단지 공부에 흥미를 못 느낄 뿐이야. 당신들의 교육방법이 나빴기 때문이야."

에디슨의 어머니는 스스로 에디슨의 선생이 되기로 작정했다. 그리고 엄격하고 친절한 스승으로 아이를 지도했다. 그리곤 지하실을 통째 에디슨에게 내주었다. 지하실을 실험하고 연구하는 장소로 내놓았다.

이런 어머니의 처사를 아버지는 몹시 못마땅해 했다. 선생님이 에디슨을 앞세우고 집으로 찾아왔을 땐, 그만큼 학비가 덜 들어 좋다고 하시던 아버지였다. 그런 사고방식을 가진 아버지였으니, 아내의 에디슨에 대한 배려가 못마땅한 것은 당연한 일이었다.

그러나 어머니는 그에 굴하지 않고 에디슨의 교육에 꾸준히 심혈을 기울였다. 아이는 차츰 공부에도 흥미를 가지기 시작했다. 그런 한편으로 지하 실험실에 틀어박혀 거의 날마다 연구에 몰두했다. 부근의 아이들과 어울려 노는 일은 한 번도 없었다. 열 살의 아이라고는 도저히 생각할 수가 없었다.

그러다 열두 살 때 에디슨은 전신기 조립에 착수했다. 그러나 거기엔 막대한 자금이 필요했다. 가난한 어머니로서는 도울 수 없을 만큼 대단한 액수였다. 에디슨은 스스로의 힘으로 해결하지 않으면 안 되었다. 그는 시각을 지체하지 않고 일자리를 찾아 나섰다.

마침 그가 살던 포트 휴론 시내에 철도가 개통되었다. 에디슨은 거기에 일자리를 얻었다. 매일 아침 일찍 기차를 타고 이웃 도시까지 왕래하며 승객들에게 과일과 빵, 신문 등을 팔아 돈을 모았다. 그리고 그렇게 모은 돈은 모두 실험용 도구를 사는 데 썼다.

그러기를 2년여. 에디슨은 기차 한구석에 물리 실험실을 만들고, 실험을 하면서 장사를 하고, 장사를 하는 틈틈이 공부를 했다. 그런 에디슨의 행동에 처음엔 승무원들 모두가 눈살을 찌푸렸다. 그러나 이젠 아예 눈감아주는 것을 넘어 격려까지 해주기에 이르렀다.

그런데 그러던 어느 날, 에디슨은 그만 커다란 실수를 하고 말았다.

그것은 딱히 에디슨의 실수라고만 할 수는 없었다. 왜냐하면 그것은 기차가 흔들렸기 때문에 일어난 사고였다. 기차가 마구 흔들리는 바람에 실험 중이던 화학약품이 바닥에 굴러 떨어졌다. 인화물질이 바닥에 떨어지면서 불이 난 것이었다.

차장은 격분했고, 당황한 나머지 에디슨의 목덜미를 잡아 차창 밖으로 내던져버렸다. 뿐만 아니라 이제껏 고생하며 모아온 실험기구와 화학약품들도 모조리 내동댕이 쳐버렸다.

에디슨은 기적을 울리며 멀어져가는 기차를 그저 멍하니

바라볼 수밖에 없었다. 에디슨이 겪은 최초의 좌절이었다. 충격이 컸던 나머지 에디슨은 난청이 생겼고, 불행하게도 귀는 점점 더 들리지 않게 되었다.

에디슨은 절망하여 거리를 방황했다. 그러던 어느 날 우연히 마운트 클레멘스 역 주위를 거닐던 때였다. 정확히 말하면 그 역의 역장과 이야기를 나누던 때였다. 자신의 희망과 소신에 대하여 역장에게 설명을 했다. 에디슨을 별로 탐탁지 않게 여기는 역장에게 일자리를 마련해주도록 재주껏 자신을 부각시켜야 했다. 에디슨의 공들인 설명에도 역장은 좀체 신뢰하려 들지 않았다. 그때 어디선가 화물열차가 달려오는 소리가 들렸다. 무심코 그쪽으로 돌아보던 에디슨은 깜짝 놀라 죽을힘을 다해 달려갔다.

역 구내로 진입해 들어오는 화물열차 앞 저만치서 역장의 아들이 노닥거리고 있었다. 에디슨이 아이를 부둥켜안고 뒹구는 동안 화물열차는 기적을 울리며 에디슨의 뺨을 스치고 지나갔다.

역장은 너무도 순간적인 일이라 새파랗게 질려서는 아들과 낯모르는 구직자를 그저 바라보기만 했다. 역장은 너무 놀란 나머지 감사의 말도 제대로 못했다. 역장은 아들의 생명을 구해준 에디슨에게 보답을 해야 했다. 어떤 방법으로라도.

이 일을 계기로 에디슨은 다시 실험과 공부를 계속할 수 있었다. 에디슨은 역장의 뜻에 따라 그로부터 전신기술을 배우고 학업을 계속 이어나갔다. 에디슨의 진도는 눈에 띄게 빨랐다. 불과 3개월 만에 전신기사 자격증을 따낼 만큼. 에디슨은 바보가 아니라 천재적인 두뇌의 소유자였던 것이다.

또 막연하게 물리실험을 계속하던 에디슨은 이제 원리에 입각한 실험을 할 수 있게 되었다. 그의 학습능력은 이제 소설이나 백과사전은 물론, 갈릴레오의 실험서 같은 물리, 화학 서적까지 섭렵할 수 있을 만큼 성장했다. 특히 그는 자연 과학에 큰 흥미를 느끼고 거기에 몰두하기도 했다.

이제 그는 엄연한 학자로서, 저력 있는 발명가로서 미국 사회에 부상했다.

그의 발명 1호는 전기충격 식 쥐 잡이 기계였다. 역장의 호의로 전신기사가 되었고, 전신국 직원이 되어 일할 때, 허술하고 누추한 전신 실에는 쥐가 밤낮없이 설치고 다녔다. 에디슨은 다른 연구는 일단 제쳐두고 쥐 잡는 기계를 만들었다.

쥐 잡이 기계는 아주 간단해서 언뜻 보기엔 누구라도 쉽게 만들 수 있을 것 같은 장치였다. 그러나 금방 만들어낼 수 있을 것 같으면서도 만들어내지 못하는 데에 천재와 평범한 사람의 차이가 있는 것이다. 에디슨 특유의 착상, 천재의 편린이 아니면 누가 그리 쉽게 발명해 낼 수 있겠는가!

저능아로 낙인이 찍혀 학교에서 집으로 쫓겨 왔던 에디슨이다. 그런 이유로 중등학교도, 전문대학도 다니지 못했다. 그럼에도 불구하고 자신의 빛나는 성공에 대해 '천재는 1퍼센트의 영감과 99퍼센트의 노력이 만들어낸다.'고 겸손하게 한 마디를 던졌더랬다. 그의 천재성은 과학 역사에 새 장을 쓰게 했다.

# 노인은 과거에 살고,
## 젊은이는 미래에 산다.

노인은
 현재보다 *과거를 좋았다고* 생각하고,
젊은이는
 다가오는 *장래에 희망을 걸고* 있다.

The old sees better behind than the young before.

젊은이가 미래에 주는 정보다
노인이 과거에 주는 정이 더 깊다.
과거를 그리워하는 것은
시대적 감각, 사상이 뒤떨어진 것을 의미한다.

늙은이는 잊어먹기 잘하고, 젊은이는 분별이 없다.
The old forget, the young don`t know.

# 마담 퀴리

1867년 폴란드바르샤바 출생
1883년 16세 관립 여학교 수석 졸업
1894년 27세 수학 학사 시험에 수석 합격
1902년 35세 라듐 합성에 성공
1903년 36세 노벨 화학상 수상
1911년 44세 노벨 화학상 수상
1934년 67세 사망

# 첫사랑의 아픔을
# 빈민교육으로 승화

현대 과학에 일대 혁명을 가져온 것이 신비한 광채를 발하는 라듐이다. 그 불가사의한 순수 라듐 원소 1그램(g)을 정제하기 위해 무려 8톤이나 되는 피치브랜드를 처리해야 했던 위대한 집념의 여전사가 퀴리부인이다. 이 대단한 여 전사에게도 한때는 학문을 이루려는 꿈마저 잊어버릴 만큼 사랑에 넋이 빠진 적이 있었다. 한창 꿈에 부풀어 있던 사춘기 소녀 적의 실연으로 인생의 좌절을 맛보아야 했다.

당시 그녀의 형편은 극도로 궁색했다. 암담하고 괴로운 현실, 즉 진퇴양난의 위기를 소녀는 어떻게 극복했을까?

그녀는 어느 부잣집 가정교사로 들어갔다. 주인집 아들과 사랑에 빠졌고, 끝내는 배신을 당했다. 그리고 우울한 나날을 보내야 했다. 그 시절 그녀의 유일한 낙은 멀리 있는 가족이나 친구들에게 편지를 쓰는 것이었다. 그 외에 삶의 기쁨이나 희망은 어디에도 없었다.

그녀는 1867년 폴란드에서 태어났다. 그녀는 타고나기를 영특하고 명민해서, 취학연령이 되기도 전에 입학했다. 따라서 마리는 동급생들보다 두세 살이나 어렸다. 그래서 덩치도 제일 작았다. 그래도 언제나 일등이었다. 수학과 물리는 물론, 역사, 지리, 외국어, 문학 등 한번만 배우면 결코 잊어버리지 않았다. 한번만 들으면 잊어버리지 않는 기억력과 총명함에 급우들과 선생은 물론, 교장까지 감탄할 정도였다.

"마리는 천재야! 아주 보기 드문 천재라고."

당시 폴란드는 러시아의 지배 아래 있었다. 러시아의 탄압에 많은 시달림을 받고 있었다. 학교도 예외는 아니었다. 한창 꿈을 키워나가야 할 사춘기 소녀들에게는 가혹하기 이를 데 없는 억압이자 학대였다. 모국어를 배우지 못하게 늘 감시하고, 강제로 러시아어를 공부시켰다.

학교에 참관하러 온 관료들은 러시아어로 이것저것 묻곤 했다. 단골로 지명되는 학생은 말할 것도 없이 제일 작은 꼬마인 마리였다. 그때마다 척척 대답을 하긴 했지만 마리 자신에겐 견디기 힘든 시련이었다.

시련은 그것만이 아니었다. 그때 마리의 어머니는 남편과 다섯 남매를 두고 오랜 지병인 폐결핵으로 세상을 떠나고 말았다. 그리고 언니는 급성 장티푸스로 죽었다. 수학과 물리학을 가르치며 학교 부장학관으로 재직하던 아버지마저 러시아의 앞잡이 이바노프 교장의 모함으로 해임 당했다.

마리의 가슴은 온통 비극으로 가득 찼다. 오랫동안 정들었던 학교 관사를 나와, 시장 한복판의 우중충한 아파트로 이사했다. 아파트는 비좁고 누추하기 이를 데 없었다. 이런 암울한 사건들은 감수성이 예민한 소녀에겐 감당하기 벅찬 것이었으리라.

그러나 이런 시련의 연속에도 사려 깊은 소녀는 자신을 잘 제어하며 희망을 잃지 않았다.

"이런 불행은 우리 집에만 닥친 것이 아닐 거야. 이것은 폴란드인 전체의 불행이야. 우리는 불행한 이 조국을 위해 무언가를 해야 해. 우선 내가 할 수 일은 공부하는 거야. 공부를 열심히 하자. 그래서 우리에게 불행의 뿌리를 심어준 악독한 지배자, 침략자들이 깜짝 놀랄만한 폴란드의 딸이 되자."

그리고 수재들만 모인다는 관립 여학교를 수석으로 졸업하였다.

그러나 마리는 더 이상 진학의 꿈을 가질 수 없었다. 아버지의 박봉으로는 오빠의 학비 조달도 어려운 판국이었다. 향학열 때문에 고심하던 마리는 궁리 끝에 언니에게 이런 제안을 했다.

"브로니아 언니! 이렇게 하면 어떨까? 언니가 먼저 원하는 대학에 진학해. 내가 학비를 벌어서 댈게. 그 다음 언니가 졸업하고 자리 잡으면 내 학비를 대 줘."

어머니의 빈자리를 대신해 부엌살림을 맡아 하고 있었지만, 브로니아도 마리 못지않게 공부하고 싶어 했다. 브로니아는 마리의 영특하고 기특한 제안에 귀가 솔깃했지만 망설였다. 마리의 나이 이제 열일곱이었다. 어린 동생이 어떻게…….

"넌 아직 어린데 그럴 수 있겠어?"

"안 될 것도 없지. 자신 있어."

이렇게 해서 마리는 바르샤바 교외의 어느 부자 농장주인 집에 가정교사로 들어가게 되었다. 주인은 마음씨가 좋아 비교적 후한 보수를 주었고, 마리는 꼬박꼬박 소르본느 의과대학에 진학한 브로니아 언니에게 학비를 부쳐주었다. 언니가 박사가 되어 고향에 돌아오면 이제 마리는 갈망하던 물리학 공부를 할 수 있게 된다. 마리는 가정교사 생활에 실망하지 않고 부지런히 책과 씨름하였다.

그런데 바로 이 시점에서 브레이크가 걸렸다. 왕자님처럼 부드럽고, 너그럽고, 다정하고, 상냥한 젊은 청년이 다가왔다. 갓 피어난 꽃봉오리 같은 예비숙녀 마리 앞에 밝은 빛을 뿌리며 다가선 것이다.

마리는 비록 자기와 동갑인 주인 딸을 가르치는 처지였지만 대단한 실력의 소유자였다. 또한 아름답고 싱싱하게 변해 가는 자신을 상상하며 볼을 붉히고, 미래에 대한 막연한 그리움에 젖어보기도 하는 순수한 처녀였다.

외국 유학 중이던 농장주의 장남 카지미르는 마리의 꿈을 가로채버렸다. 방학을 맞아 고향에 돌아온 그는 향학열에 불타는 소녀의 야망을 송두리째 빼앗아버렸다. 카지미르에 대한 연모의 정은 삽시간에 꽃구름처럼 피어올랐다.

두 사람은 여가시간을 이용해 마차를 타고 눈 덮인 벌판을

달리기도 하고, 호수에서 보트놀이도 하고, 파티에서 부둥켜
안고 춤을 추기도 하고, 물소리 맑은 숲길을 거닐기도 했다.
　자신감으로 가득 찬 이 부잣집 도련님은 자기 누이동생을
가르치는 마리를 대할 때마다 감탄사를 연발하였다. 교양과
높은 지성, 재기발랄한 성격, 댄스를 비롯한 다양한 스포츠
를 즐기는 취미를 가진, 숲길을 거닐다가도 시 한 수쯤은 읊
을 줄 아는 마리는 그가 여태껏 만났던 아가씨들과는 달랐
다. 마리는 예의 처녀들과는 달리 아주 색다른 개성을 지닌
여자였다. 둘은 이미 서로에게 깊이 빠져 있었다.
“사랑해요, 카지미르.”
“마리, 나도 사랑해. 우리 결혼합시다. 내가 부모님께 승낙
을 받아내겠어요.”
“제발, 그래줘요. 꼭 이루어질 거예요.”
　그러나 이 약속은 금방 물거품이 되고 말았다.
“마리와 결혼을 하겠다고? 너 미쳤구나!”
“마리는 보기 드문 아주 훌륭한 여자예요. 영리하고 지성적
이고……”
“당장이라도 명문가의 아가씨와 결혼할 수 있는 녀석이 그
딴 가정교사에게 빠지다니! 그것도 남의 집 밥을 얻어먹어
야 할 만큼 한 푼 없는 가난뱅이 계집애에게!”
“저희는 서로 사랑하는 사이입니다.”
“닥치지 못해! 당장 떠나거라! 학교로 돌아가!”
　크게 노한 부모님 앞에서 카지미르는 아무 소리도 못하고
물러나왔다.

 어둠이 내리기 시작해 어스레한 저녁, 두 사람은 농장의 숲
길을 따라 걷고 있었다. 카지미르의 심각한 모습에 실망하면
서도 마리는 아무것도 모르는 척 다정스럽게 팔짱을 끼며
물었다.
 "왜 그래요? 왜 그렇게 표정이 어두워요?"
 "마리! 진짜 미안한데 결혼은 안 되겠어."
 "왜요?"
 "부모님이 결사 반대이셔."
 "설득하면 되잖아요. 부모님을 설득할 용기가 없나요? 아니
면 나에 대한 사랑이 약한 건가요?"
 "당신에 대한 사랑만은 진실이요! 이루 말할 수 없을 만큼
깊고 진실해. 그러나 난 자신이 없소."
 "당신은 의지가 약한 사람이군요."
 카지미르는 똑똑하고 멋진 의학도였지만 부모님의 반대를
무릅쓰고 결혼을 강행할 만큼 결단력이 있는 사람이 아니
었다. 며칠 후 용감하지도 않고 결단력도 없는 카지미르는
덜커덩거리는 마차소리만 남기고 농장을 떠나버렸다.
 마리의 꿈은 무너져 내렸다. 마리는 모든 일에 의욕을 잃었
다. 카지미르에 대한 실망과 실연의 쓰라림과 가난한 자신에
대한 굴욕감으로 당장이라도 농장을 떠나버리고 싶었다.
 그러나 차마 그럴 수는 없었다. 먼 타국, 소르본느 대학에
서 공부에 열을 올리고 있을 언니를 생각하면 그럴 수 없었
다. 자기 하나만 믿고 학업에 열중하고 있을 브로니아 언니
생각에 짐을 쌌다가 푼 적이 한두 번이 아니었다. 실연으로

떠나야한다는 마음과, 언니의 학비를 마련해야 한다고 주저 앉히는 두 마음이 서로 갈등했다. 갈등하면서도 과학자가 되려는 장래의 꿈을 위해서는 주저앉아야 했다.

왜냐하면 그 농장만큼 후한 보수를 주는 데가 드물었기 때문이었다. 언니의 학자금 조달을 위해서는 농장주의 후한 보수가 없으면 곤란했다.

농장주의 아들과 그런 일이 있었지만 다행히 농장에서 나가라고 하지는 않았다. 그것은 마리의 실력이 대단하다는 것을 그들이 인정했기 때문이었다.

맡은 의무를 다한 뒤, 즉 농장주의 아이들을 가르친 후 남는 시간은 참으로 괴롭고 쓸쓸했다. 겨울이 오자 그 쓸쓸함은 더욱 더했다.

마차를 타고 벌판을 달리던 일, 스키를 타다 눈 속에 빠져 허우적대던 일 등 카지미르와의 추억이 시시때때로 되살아나 마리를 괴롭혔다.

마리는 어떻게 하면 이 수렁에서 빠져나올 수 있을지 눈길을 걸으며 골똘히 생각했다. 그러던 어느 날 한 가지 묘책이 떠올랐다. 카지미르에 대한 추억을 떠올리며 허비하는 시간을, 배우고 싶어도 가난해서, 또 학교가 없어서 못 배우는, 그 마을 아이들을 위해 글을 가르치겠다는 기특한 생각이었다. 그 시절은 러시아의 통치 아래 있었기 때문에 배우고 싶어도 마음대로 배울 수 없는 실정이었다.

마리는 이 묘책을 곧 실행에 옮겼다. 효과는 대단히 컸다. 글을 배우고 싶어 눈망울이 초롱초롱한 순진무구한 아이들을 대하노라면 마리는 모든 것을 잊을 수 있었다. 그리고 자신의 공부에도 눈을 돌릴 수 있었다. 마리는 차츰 활기를 되찾았다.

몇 년 후, 언니는 약속대로 의사가 되어 귀향했고, 마리는 파리의 소르본느 대학 물리학부에 입학했다. 이제 첫사랑의 시련은 완전히 극복한 것이다.

언니의 학비를 벌기위해 가정교사를 하던 시절이, 이 위대한 여류 과학자의 일생 중 가장 난감했던 시기였다.

그녀는 파리로 건너온 후, 모든 것을 잊고 오로지 학문에만 전념했다. 남편인 피에르 퀴리를 만날 때까지. 밤낮을 가리지 않고 공부에만 일신을 바친 고독한 세월을 살았다.

# 어머니의 매가
## 아프지 않아 웁니다.

한(漢)나라의 한백유(韓伯愈)는 매우 효심이 지극한 사람이었는데, 어느 날 어머니의 매를 맞고 몹시 울었다. 어머니가 어찌된 일이냐고 물었더니, 백유가 대답하기를 '전에는 어머니에게 맞으면 언제나 아팠으므로, *어머니가 아직 건강하신 줄 알고, 그때마다 기뻤는데,* 오늘은 조금도 아프지가 않으니, *어머니가 그만큼 쇠약하신 것이 슬펐습니다.*'하였다고 설원(說苑) 건본편(建本篇)에 씌어 있다.

# 빌헬름 라이프니츠

1646년 독일 출생

1654년  8세 라틴어 독파

1662년 16세 문학사 학위 취득

1664년 18세 철학 석사 학위 취득

1667년 21세 법학 박사 학위 취득

        <단자론>을 비롯한 전 분야에 걸친 작품을 냄

        특히 수학 분야에 영향이 컸음

1716년 70세 사망

# 목판본이 뚫어져라 공부한
# 공부의 신

공부는 그다지 재미있는 일이 아닌 모양이다. 아무리 위대하고 훌륭한 학자라도 사춘기 시절 한두 번쯤은 공부를 멀리하고 일탈을 경험했을 것이다.

그래도 예외 없는 예외는 없다고, 한 사람 쯤은 공부에 미쳤을 것이다. 그렇게 공부에 미친 사람이 바로 라이프니츠다. 독일의 철학자인 그는 누가 억지로 시키지도 않았는데 공부를 몹시 좋아했다. 말하자면 공부의 신이었다.

그는 어려서부터 어찌나 많은 책을 읽고 지식을 습득했던지, 사춘기 시절엔 이미 만물박사라고 해도 과언이 아닐 만큼 모든 분야에 통달해 있었다.

그는 벌써 네 살 때부터 읽기와 쓰기를 완전히 다 할 수 있었다. 구태여 학교를 다닐 필요도 없었다.

물론 라이프치히의 니콜라이 학관을 조금 다니기는 했다. 그때도 그는 학교 수업 진도보다 훨씬 앞질러 공부해버릴 만큼 지식욕이 컸다. 도저히 학교 수업정도로는 만족할 수 없었다. 교사들은 그의 재능의 보조역할밖에 해주지 못했다.

라이프니츠는 책을 손에 들면 완전히 다 읽을 때까지 자리를 뜨지 않았다. 또래 아이들과 노는 것 보다 문학, 역사, 철학, 수학을 공부하는 게 훨씬 더 즐거웠다.

라이프치히 대학의 도덕철학 교수였던 그의 아버지는 라이프니츠가 여섯 살 때 세상을 떠났다. 자기가 쓰던 서재를 유일한 유산으로 남겨 놓고. 그는 아버지의 서재를 자유로이 들락거리며 독서에 진력했다. 그래서 그 어렵다는 라틴어를 여덟 살에 완전히 마스터 했고, 주요 고전을 거의 다 독파했다. 그리고 열 살엔 그리스어까지 마스터하고 말았다.

열 살도 채 안 된 어린 그가 어떻게 그토록 대단한 독서량을 가질 수 있었을까?

그가 훗날 피력했던 독서법을 참고삼아 들어보자.


나에게 처음으로 독서의 길을 열어준 것이 〈리비우스〉라는 책이었다. 나는 리비우스를 읽어나가면서 정말 미로에 빠진 것 같은 기분이 들었다.

그것은 〈리비우스〉에 나오는 로마 사람들의 세계나 언어, 습관 등을 전혀 몰랐기 때문에, 솔직히 단 한 줄도 이해할 수 없었다. 그것은 낡은 목판본이었는데 나는 정말 그 목판본에 구멍이 뚫어질 정도로 열심히 들여다보았다.

잘 모르는 부분은 그다지 신경 쓰지 않고, 여기저기 골라서 읽었으며 의미를 전혀 알 수 없는 대목은 체크를 하면서 빼고 읽었다. 이렇게 수 십 번 반복해서 계속 읽는 동안, 즉 책 전체를 눈으로 훑어보고, 얼마가 지난 뒤 처음부터 다시 같은 작업을 되풀이 하다보면 저절로 이해가 되었다.

이것이 계기가 되어 어떤 책이든 겨우 내용을 이해하고, 차츰 그 깊이와 의미를 파악할 수 있을 때까지 사전도 없이 읽어나갔던 것이다. 나는 그 독서법이 아주 만족스러웠고, 평생 이 방법으로 학문에 정진하였다.

라이프니츠가 라이프치히 대학에 입학한 것은 열네 살 때였다. 전공은 철학과 라틴어, 그리스어, 수학이었다.

그때 라이프니츠는 이미 아리스토텔레스 철학의 연구를 끝내고, 기독교 종파를 둘러싼 종교 논쟁, 그리고 스콜라 철학까지 섭렵했다. 물론 아버지의 서재에서 찾아낸 책들로 독학을 한 것이었다. 어려운 철학 서적들을 그는 연애소설을 읽듯이 즐거움을 느끼며 술술 읽어내곤 했다.

라이프치히 대학에 적을 두고, 이번엔 현대철학과 관련된 저서들과 접할 수 있게 되었다. 그는 매일 라이프치히 근교의 숲길을 산책하며 실체적 철학을 계속할 것인가, 그만둘 것인가를 생각하였다. 심사숙고 끝에 기계론이 승리를 거두었다. 그래서 수학과 관련된 학문의 길로 들어서게 되었다. 그 결과가 바로 미적분의 확립이었다.

그 후, 열여섯 살에 그는 문학학사 학위를 취득하였고, '예나' 대학으로 전학을 갔다. '예나' 대학의 분위기는 라이프치히 대학보다 아카데믹하지 못했다. 열일곱 살에 다시 라이프치히 대학으로 복학을 시도했다. 이번엔 법학에 대한 탐구를 했다. 법학을 전공하면서 라이프치히는 철학 석사 학위를 땄다. 그리고 4년 후에 형법과 민법에 관한 연구로 법학박사 학위를 받아냈다. 참으로 대단한 실력가요, 지독한 공부벌레였다.

그런데 그가 법학박사 학위를 받은 곳은 라이프치히대학 법대가 아니라 뉘른베르크의 아르트돌프 대학에서였다. 라이프치히 법대는 라이프니츠가 박사학위를 받더라도 교단에 서기에는 아직 나이가 너무 어리다는 이유로 박사학위 논문 심사신청을 받아주지 않았던 것이다. 시대를 막론하고 천재들에겐 언제나 시기와 질투와 악의에 찬 방해와 박해가 따르기 마련인가보다.

그는 이제 학교를 떠나 오로지 독학으로 자기 학문 세계를 넓히고 다듬어나갔다. 단순한 지식이나 학식의 습득이 아니었다. 그가 본질적으로 추구하는 것은 어디까지나 인격의 완성이었다. 그의 최종적인 목표는 바람직한 인격의 완성이지 결코 단순한 학식의 축적이 아니었다.

모든 교육의 궁극적인 목표는 바람직한 인간을 길러내는 것이다. 그가 1690년에 문서로 정리해 놓은 '제왕 학'의 정의를 보면 잘 알 수 있다. 1700년대 독일의 계몽 전제 군주 프리드리히 빌헬름 2세가 그의 아버지에게 교육받기를 강요당했던 바로 그 '제왕 학'이다. 그가 내세운 군주의 모범은 네

가지의 특별함을 겸비한 사람이어야 한다고 밝히고 있다. 그
것은 '올바른 인물' '용감한 인간' '판단력이 빠른 사람' '성실
한 남자'였다.

　그에 대한 세부적인 설명을 들어보면 이렇다.

　첫째, 고매한 정신을 가진 올바른 남자는, 경건함과 정의와 자
비스럽고 위대한 정신에 유도되어, 자기 의무를 완수하기 위하
여 진지하게 노력하기 때문이다.
　둘째, 용감한 사나이는 좀체 동요하는 일이 없어, 어떠한 난국
이나 상황에서도 흔들리지 않고 정신적인 자유를 유지하기 때
문이다.
　셋째, 판단력이 있는 남자는 외관에 속는 일이 없으며, 모든
인물을 올바르게 판단할 수 있기 때문이다.
　넷째, 성실한 인물은 예의범절을 잘 지켜 인격을 추락시키지
않고, 품위 없는 말과 행동을 삼갈 수 있기 때문이다.

　박학다식한 라이프니츠가 설파한 제왕 학이다. 굳이 제왕이
될 황태자가 아니라도 한번쯤은 귀기울여볼만한 이야기로
평가받는다.
　그런데 이 제왕 학에 관련된 재미있는 에피소드가 있다. 에
피소드가 아니라 하나의 역사라고 해도 좋을 이야기다. 그가
제왕 학을 펴내자마자, 프로이센의 국왕이었던 프리드리히 1
세가 제왕 학설에 반했다. 프리드리히는 라이프니츠와 안면

도 있었고 친하기도 했다. 그래서 대를 이을 황태자인 프리
츠에게 매일 일과표를 빈틈없이 짜 제왕 교육을 시켰다.

황태자는 어차피 국민을 통치하기 위해 태어난 사람인 이
상, 이왕이면 제왕의 재목으로 길러보자는 것이 프리드리히
대왕의 야망이었다.

안 그래도 여자처럼 나약하고 섬세하고 부드러운 성격에,
신체 또한 당차고 다부진 데가 없이 시원찮은 황태자를 염
려하던 국왕은, 이왕이면 일찍부터 단련시키고자 했다. 그래
서 국왕 자신이 직접 어린 황태자의 일과표를 작성하여 여
지없이 일과표대로 생활하게 했다.

취침과 기상 시각은 물론 공부, 세수, 식사, 손 씻고, 목욕
하고, 산책하고, 기도하는 것까지 일일이 간섭했다. 그것이
어찌나 가혹하고 빈틈이 없었던지, 어린 황태자는 견디지 못
하고 궁전을 빠져나가 달아나고 말았다 한다.

그 황태자가 궁전을 빠져나가 달아난 사건은 전 유럽에 굉
장한 센세이션을 일으켰다는데, 거기에 대해 라이프니츠가
어떤 태도를 취했는지는 알 수가 없다. 다만 그는 천재였고,
위대한 학자였을 뿐이니까.

그는 학문을 위해 평생을 독신으로 살았던 사람이다. 청년
이 되어서도, 장년이 되어서도, 노년에도 감질 나는 사랑이
나 연애 따위 해본 적이 없다. 물론 사춘기 시절에도 연애편
지 한 장 써 본 일이 없다. 그는 사랑 놀음보다 공부가 훨씬
즐거웠나보다.

우정은 가끔
물을 주어야 하는 식물이다.


우정을 영속시키려면
가끔 만나서
애정의 표시가 있지 않으면 안 된다.


우정은
사랑을 받는 것보다 사랑하는데 있다.

아리스토텔레스

# 프리드리히 니체

1844년 독일 뢰켄에서 출생
1864년 20세 본대학에 입학. 문헌학 전공
1869년 25세 바젤대학 원외 교수로 취임
1870년 26세 정교수가 됨
1878년 34세 <인간적인 너무나 인간적인> 탈고
1900년 56세 누이 집에서 사망

# 창녀에게 성병을 옮은 아기 목사

프로이센의 철학자 니체는 아버지를 일찍 여의었다. 가족은 여섯 여자와 니체 한 남자까지 모두 일곱이었다. 할머니와 두 분 큰어머니, 어머니, 그리고 오누이 둘. 여자들 여섯이 판을 치는 가정에서 성장했다. 사내라곤 오직 자신 하나뿐인 집안에서.

그렇게 거센 치맛바람에 싸여 자란 탓인지 니체는 너무 여성적이었다. <신은 죽었다>던 철학자 니체는, 사내다운 기백이라고는 전혀 찾아볼 수가 없었다. 언행이 착실하고 온순하며 우아하고 고상했다. 그렇다고 생김새마저 계집애처럼 생긴 건 아니었다. 겉보기엔 멀쩡한 사내였는데, 남자가 없는 집안에서 부인들이, 유일한 사내인 니체를 너무 귀여워한 나머지 그만 샌님으로 만들어버렸다.

니체는 1844년 독일 뢰켄에서 목사의 아들로 태어났다. 아버지는 할레 대학을 우수한 성적으로 졸업한 루터파의 성직자였다. 아버지는 프리드리히 대왕의 신임을 얻어 사랑과 보호를 받으며 뢰켄의 목사로 취임했다. 뢰켄은 평화롭고 아름다운 마을이었다. 따라서 니체는 뢰켄의 목사관에서 세상의 빛을 보았다.

아버지는 나중에 궁정목사로 초빙되어 왕실 사람들을 가르쳤다. 아무튼 니체는 할머니와 큰 어머니 두 분과 아버지, 어머니와 두 누이동생들과 행복한 나날을 보냈다.

그런데 집안에 느닷없이 불행이 날아들었다. 지독한 근시였던 아버지는 어느 날 귀가 길에, 현관 돌층계에서 넘어졌다. 아버지의 귀가를 반기며 다가온 강아지를 미처 보지 못하고, 걸려 넘어지는 바람에 돌층계에서 굴러 떨어졌다.

이 일로 아버지는 뇌진탕을 일으켜 세상을 떠나고 말았다. 서른다섯의 젊은 나이였다. 졸지에 집안의 기둥을 잃어버린 니체 가족들의 슬픔은 이만저만이 아니었다. 그런데 아버지를 잃은 슬픔이 채 가시기도 전인 이듬 해, 또 다른 불행이 찾아왔다. 이제 막 재롱을 부리기 시작한 두 돌 백이 남동생이 하늘나라로 가버린 것이다.

자연히 온 가족의 사랑은 집안에서 하나뿐인 남자인 니체에게로 쏟아졌다. 온 가족이 불면 날아갈까, 쥐면 꺼질까, 금이야 옥이야 떠받들며 키웠다. 그래서 그런지 니체는 요상한 성격의 소년이 되고 말았다. 이렇게 귀엽게만 자란 아이들은 대개 버르장머리가 없고, 이기적이고, 막무가내이기 마련인데, 니체는 달랐다. 귀족적인 전통에 길들여진 탓인지 그 반대였다.

행여 사소한 실수라도 저지르면, 그래서 싫은 소리를 들을 것 같으면, 어디엔가 틀어박혀 나오지 않았다. 그리고 그것이 스스로 판단하기에 나쁜 일이라고 생각되면 아예 종적을 감추어버렸다. 그리고 시키지도 않았는데 고개를 숙인 채 용서를 빌거나 하였다.

매사에 당당함도 패기도 없는 소년이었다. 친구들과 어울려 산과 들로 새둥지를 찾아 쏘다닌다거나, 전쟁놀이를 한다거나, 운동 경기를 한다거나, 남의 과수원으로 서리를 하러 간다거나 하는 일은 전혀 없었다. 걸을 때도 양갓집 규수처럼 가만가만 걸었으며, 복도를 지날 때도 도둑고양이처럼 사뿐사뿐 걸어 발소리가 나지 않았다.

집안에서는 물론 학교에서도 이 소년은 너무 고지식하고 고상을 떨어, 급우들에게 애기 목사, 작은 스님, 열두 살의 예수 같은 별명이 붙어 다녔다.

소년 시절의 어느 날이었다.

그날은 날씨가 아주 청명했다. 그런데 마침 학교가 파할 때쯤 갑자기 날이 흐려지더니 금방 소나기가 쏟아졌다. 다른 학생들은 모두 한 방울이라도 덜 맞으려고 뒤에서 맹수라도 쫓아오는 것처럼 달렸다. 뼛속에 물이라도 스며들까봐 걸음아 날 살려라하고 뛰어갔다. 그런데 그 학생들 뒤에는 머리에 손수건을 살짝 덮고 유유자적하게 걷는 소년이 하나 있었는데, 그가 바로 니체였다.

빗줄기는 점점 굵어지는데, 소년은 물에 빠진 생쥐 꼴로 흠뻑 젖은 채, 또박또박 걷기만 했다. 대문간에서 현관으로 들어오면서도 얌전한 색시처럼 그렇게 걸어 들어왔다. 뛰면 큰일이 나기라도 하는 것처럼 조용히 걸어서.

현관 앞에서 이 모습을 본 어머니와 누이들은 질색을 하며 소리치고 꾸짖고 야단들이었다. 그러자 니체는 이렇게 대답했다.

"그렇지만 엄마, 학교 규칙에는 말이에요, 쿵쿵 뛰거나 달음박질 하지 말고, 조용하고 단정한 걸음걸이로, 예의바르고 얌전하게 걸어서 집으로 가라고 되어 있어요."

이 말을 들은 어머니는 그 자리에 주저앉고 말았다.

이런 고지식한 그의 습성은 그 후로도 수많은 에피소드를 낳았다. 사춘기를 맞아 풋사랑으로 괴로워하는 친구들도 많았는데, 니체는 그러지 않았다. 여자들에 둘러싸여 살기 때문에 신물이 난건지, 결벽증 때문인지, 이성에 대한 감정이 없었다. 아무리 매력적인 여성이라도 거들떠도 안 보았다.

그런 니체가 어느 날 여행을 떠나기로 했다. 무슨 바람이 불었는지, 그런 용기가 어디서 났는지 혼자 가겠다고 나섰다. 니체는 명승지 안내원 한 사람만 동반하고 쾰른으로 향했다.

관광지를 고루 답사한 니체는 배가 고파 요기를 하고 싶었다. 그래서 안내원에게 이왕이면 쾰른의 역사 깊은 식당에서 먹고 싶으니, 어디든 멋진 레스토랑으로 안내해 달라고 요청했다.

안내원은 보통의 관광객들이 다 그렇듯, 이 어린놈도 그런 걸 원하는가 보다 짐작하고는, 니체를 고급 창녀 집으로 안내했다.

여자라고는 자신을 둘러싼 여섯 명의 가족들 즉 할머니, 큰어머니 두 분, 어머니, 누이 둘 밖에 접해보지 않은 숙맥을 창녀 집에 데리고 왔으니 얼마나 당황했을까? 니체가 얼마나 당황했을지는 굳이 말로 표현하지 않아도 짐작이 되지 않는가?

그는 순식간에 정체 모를 여자들에게 둘러싸였다. 살이 말갛게 들여다보이는 싸구려 망사로 몸을 감싼 값싼 여자들에게 말이다.

그녀들은 미소를 머금은 채 아무소리도 없이 눈을 반짝이며 모두들 니체만 바라보았다. 니체는 숨을 죽이고 자신을 바라보는 그녀들의 미소가, 표정이, 눈빛이 무엇을 말하는지 도무지 알 수 없었다. 잠시 동안 정신이 어질어질해서 입을 헤 벌리고 목석처럼 그저 서 있었다.

여기가 어딘지, 무얼 하는 곳인지 도무지 알 수 없는 안개 속 같았다.

정신을 가다듬고 한참을 생각하다 겨우 짐작만 할 수 있었다. 니체는 마른 침을 꿀꺽 삼키고 실내를 한번 둘러보았다. 여자들의 뒤편, 홀의 한쪽 구석에 피아노가 한 대 놓여 있었다. 니체는 자기도 모르게 피아노 앞으로 다가갔다. 그리고는 건반을 두드렸다. 무슨 곡인지 제목도 잘 생각나지 않는 걸 그저 두들겨 댔다.

한참을 그러고 나니 긴장이 조금 풀렸다. 피아노의 화음은 경직되었던 니체의 몸과 마음을 풀어주었다. 그제야 니체는 영문을 몰라 하는 그녀들을 남겨두고 밖으로 나왔다. 향락은 커녕 손가락 하나 까딱해보지도 않고 돌아 나왔다.

그러나 그 사건은 착하고 순진한 니체에게 말로 형언키 어려울 만큼 큰 호기심을 불러일으켰다. 새롭고 야릇한 호기심은 결국 여성 체험의 첫발을 내딛게 했다.

그는 슬슬 창녀촌을 드나들기 시작했고, 이내 성병에 걸리고 말았다. 소나기가 와도 점잖 빼며 뛰지도 않던 아기 목사가 불명예스런 더러운 병에 걸린 것이다.

물론 그 당시엔 여자들에게 손도 대지 않았지만, 그녀들의 모습은 니체의 마음에 커다란 자극이 되었다. 그렇다고 그가 방탕한 생활을 한 것은 아니다. 어쨌거나 니체는 학교에서는 보통의 학생들에 비해 성적도 우수하고 착실했다.

니체는 본 대학에 적을 두고, 학우들과 교제하며, 약간 향락적인 청춘의 한때를 보냈다. 향락이라야 그저 포도주를 마시고 춤을 추는 정도였다. 그러나 니체는 그런 분위기에조차 쉽게 어울리지 못하는 순수 청년이었다.

"우리가 이런 짓거리나 즐기려고 모였다면 그건 지독한 타락이다. 이런 악덕에 대하여 도덕적인 노여움을 느끼지 않는다면 우린 조롱받아 마땅하다."

이런 말을 하며 얼굴을 붉힐 만큼 바른 도덕성을 가진 착한 학생이었다.

그런데 어째서 이러던 귀공자가 창녀를 떨쳐내지 못하고

성병까지 걸렸을까?

그것은 그가 장년이 되어서도 독신으로 지냈으므로, 외로운 하숙생활을 했으므로, 자연히 그런 기회가 주어졌기 때문이었다. 그는 독신주의자였다. 그의 여성관은 남성을 위해 가정을 보살피며, 아기를 낳고 기르는 사명을 다해야 한다는 것이었다. 남녀평등이나 주장하고, 여성해방 운운하는 여자들은 질색하며 혐오했다.

그래서 그는 그 스스로 자신의 그런 여성관이 여자의 사랑을 얻기는 어려울 거라고 생각했다.

한때는 그의 제자이자 친구였던 루 살로메에게 깊이 빠진 적도 있었다. 그러나 니체는 그녀에게 반려자로서 공감을 얻지 못했고, 평생을 독신으로 지냈다.

혼자 생활하느라 깊은 고독에 빠진 니체는 가끔 창녀와 은밀한 관계를 가졌다. 결국 진행성 마비 증상을 일으키는 뇌매독에 걸려 정신착란을 일으키기도 하였다. 무리한 저작활동에서 오는 육체적, 정신적 피로는 불면을 종용했고, 고독한 절망감이 결국은 광기로 발현되었다. 이에 대한 진단이 바로 뇌 매독이었다. 그의 어머니와 누이들은 명예를 위해 이 병을 강력히 부인했으나, 그가 창녀를 만났고, 성병에 걸린 것만은 사실이었다 한다.

어쨌거나 그의 생애는 빛났다. 그가 전 생애에 걸쳐 세상의 지탄과 비난을 받으며, 인류의 미래를 염려하며 쏟아놓은 주옥같은 작품들은, 우리에게 긍정적인 인생의 길을 열어주는 횃불이 되고 있다.

# 경국(傾國)의 미(美)

한 나라의 운명을 좌우할 만큼
아름다운 여인이라는 뜻이다.

북방에 가인(佳人)이 있도다.
절세미인이며 홀몸이네.
한 번 돌아보니 성(城)을 기울게 하고,
두 번 돌아보니 나라를 기울게 하더라.

한서(漢書) 외척전(外戚傳)

# 남의 기호에 대해서는
# 논쟁할 여지가 없다.

저런 남자하고 혹은 저런 여자하고 어떻게 좋아지내느냐하고 남의 일 걱정마라. **'제 눈의 안경'**이며 그 사람은 좋은 것이니, 남의 취미나 기호는 간섭을 말라는 뜻이다. 모든 사람은 자기의 취향을 가지고 있다.(Every one has his taste.) 학림옥로(鶴林玉露)에 '빙잠(氷蠶:얼음 속의 누에)은 추운 줄을 모르고, 불쥐(火鼠)는 뜨거운 줄 모르고, 요충(蓼虫)은 쓴 것을 모르고, 구더기는 구린 것을 모른다.'하였다.

# 알렉상드르 뒤마

1802년 프랑스 빌레르코르테 출생
1823년 21세 오를레앙공작 필경사로 취직
1829년 27세 첫 작품 <앙리 3세와 그 궁정> 빅토르 위고의
　　　　　　격찬을 받음
1870년 68세 사망 파리 팡데온 지하에 묻힘
주요작품
<앙토니><la tour de Nelse><킹><몽테크리스토 백작><삼
총사><20년 후>등 대중적인 소설, 수기 257편과 희곡 25편
을 남김

# 창녀를 두고
## 아들과 다툰 인기 작가

　19세기 프랑스의 최고 인기작가 알렉상드르 뒤마의 청춘시
절은 그의 소설 같다. 그의 소설은 극적이고, 재미있고, 필치
가 날렵하고, 우스운 에피소드로 가득하다.

"어머니 춤출 줄 아세요?"

"옛날엔 좀 췄지."

"그럼 제게 가르쳐 주세요."

"애가 하라는 공부는 안 하고, 느닷없이 무슨 춤이야?"

　분명 소년 알렉상드르의 정신세계는 다른 소년들과는 약간
달랐다. 어머니는 아연실색했다. 도대체 이 녀석은 뭐가 되
려는지. 아무리 가르쳐보려 해도 들어먹지를 않는다.

"아주머니, 제발 그만 두십시오. 이 아이는 음악가가 될 소
질이 전혀 없습니다. 흥미조차 없어요. 이 이상 레슨비를 받

는다면 제가 나쁜 사람입니다."

알렉상드르에게 바이올린을 가르치던 선생의 하소연이었다. "부인, 이런 망아지 같은 애를 하루 종일 고개 숙이고 기도 하는 신부님을 만들겠다는 거예요? 어림도 없습니다."

군인 남편에게 질린 뒤마의 어머니는 어떻게든 아들은 전 쟁과는 거리가 먼 직업을 갖게 하고 싶었다. 그러나 뒤마는 어머니의 그런 소망은 아랑곳없이 제멋대로였다. 어머니가 바라는 아들이 되어주지는 못할망정, 공부라도 좀 착실히 하 면 오죽이나 좋겠는가!

녀석의 관심은 오로지 사냥, 낚시, 싸움질이었다. 다른 것에 는 아무데도 흥미가 없었다. 거의 백치에 가까웠다. 그리스 어, 라틴어, 수학, 역사 죄다 빵점이었다. 낙제를 겨우 면한 게 글씨 쓰기였다.

뒤마의 어머니는 아주 절망적이었다. 당시엔 위인들치고 악 필이 아닌 사람은 없다고, 바꿔 말하면 천재는 악필이라는 말이 정설처럼 되어있었다. 그런 이유로 미련한 바보 멍청이 나 꼼꼼하고 예쁘게 글씨를 쓰는 것으로 알고 있었다. 그런 까닭에 뒤마 어머니의 절망은 깊었다.

그런 녀석이 예쁜 게 예쁜 짓 한다고, 즉 미운 게 미운 짓 한다고 엉덩이에 뿔난 송아지처럼 춤바람까지 든 모양이었 다. 어머니는 하도 어이가 없어, '학교 선생님께나 가르쳐 달 래라'하고 톡 쏘아붙였다. 뒤마는 찔끔하여 일단 그 자리는 물러나왔다. 그리곤 친구들에게 댄스를 배우고 싶다는 이야 기를 내비쳤다. 뜻밖에도 친구들은 모두 댄스를 배우고 싶어

했다.

뒤마는 용기를 내어 학교의 그레고아르 신부에게 댄스를 배우고 싶다고 말했다. 호된 꾸중만 들을 게 뻔했지만 청을 넣었다.

"우리 학교에서 댄스는 절대로 허용할 수 없다. 여기는 신학교야! 여학생은 단 한 사람도 이 학교 교문 안으로 들어올 수 없어."

그런데 어쩐 일인지, 갑자기 학생들 사이에서 댄스 바람이 일었다. 이 댄스 열기는 전교생들을 사로잡고 말았다. 아마도 남자 학교라 억압된 체제와, 오래 계속된 전쟁 때문에 항상 보이지 않는 무언가에 위협받으며 살던, 당시의 세태에 대한 거부반응이었던 모양이다. 가급적이면 살아있는 동안 젊음을 맘껏 즐겨보겠다는…….

그들은 쉬는 시간이면 자기들끼리 껴안고 책상 사이를 누비며 춤을 추었는데, 그만 선생님께 들키고 말았다.

"이놈들아! 여기가 무슨 소돔과 고모라냐? 무슨 춤을 남자끼리 부둥켜안고 추느냐?"

"여학생은 못 들어온다니까 그렇죠."

"우리 학교는 댄스가 허용되지 않아!"

"그래도 우린 춤을 추고 싶어요."

한두 명이 그런 짓을 하면 잡아다 매로 다스리든가 정학처분이라도 내릴 수 있겠지만 전교생이 다 그러니 곤란했다. 전교생이 춤바람이 들어 교실마다 춤을 춰대니, 전부 퇴학시킬 수도 없고, 퇴학을 시키자면 학교 문을 닫아야 할 심각한 사태였다.

결국 타협안이 나왔다. 물론 학교 측과 학생 측 양자의 합의안이다.

"학생들은 의자를 양 팔에 끼고 춤을 출 것."

그래서 뒤마는 왈츠, 폴카까지 실컷 출 수 있었다. 그리곤 댄스 선생이라도 될 것처럼 무도장을 기웃거리기 시작했다. 그러다가 아폴드라는 귀족 청년을 알게 되었다.

"자넨 장차 뭐가 되고 싶은가, 알렉상드르?"

"글쎄, 뭐가 되는 게 좋을까? 그러는 자넨 뭐가 되고 싶나?"

"난 시인이나 작가가 되려하네. 가능하면 셰익스피어 같은."

"셰익스피어가 누군가?"

아폴드는 무식하긴 하지만 순진한 뒤마에게 호감을 가졌다. 그리고 햄릿을 구경시켜 주었다. 햄릿을 보고난 뒤마는 갑자기 자기도 작가가 되겠다고 나섰다.

소년 뒤마는 어느 해 5월 파리를 향해 길을 떠났다. 가진 것이라곤 어머니가 싸주신 도시락 하나와 여비 몇 푼, 그리고 주소록이 전부였다. 주소록은 옛날 아버지가 편지를 주고 받았던 높은 양반들의 것이었다. 물론 아버지의 편지함을 뒤져 옮겨 적은 것이다. 아버지는 나폴레옹 혁명 시대의 그 유명한 뒤마 장군이었다.

뒤마는 먼저 쥬르당 원수의 집을 찾아갔다. 쥬르당은 의병으로 워싱턴 군대에 투신하여 영국군과 싸워 용맹을 떨쳤다.

나폴레옹 집권 시절에 군직에 있으면서 온갖 정변을 교묘히
뚫고 나와, 지금은 최고의 지위에 있는 사람이었다.

뒤마가 문을 두드리자 하인이 문을 열고 나왔다.

"저는 알렉상드르 뒤마 장군의……."

하인은 성질이 몹시 급한 사람인지 거기까지만 듣고 일언
반구 없이 들어가 버렸다. 잠시 후 한 노인이 후다닥 달려
나오더니 다짜고짜 뒤마의 목을 껴안으려 했다. 그러다가 노
인은 기겁을 하여 뒤로 주춤 물러서서는 호통을 쳤다.

"이 엉터리 같은 놈! 누굴 놀리는 게냐?"

"저는 엉터리가 아닙니다."

"이 버릇없는 놈! 알렉상드르 뒤마는 내 오랜 친구였다!"

"저는 그 분의 아들입니다."

"닥쳐라, 이놈!"

그는 흠칫 놀라 나와 버렸다. 못 알아보는 게 당연했다. 저
급한 색상의 유행에 뒤처진 옷차림, 구두는 낡고, 머리는 감
지도 빗지도 않아 형클어지고 냄새가 났다.

그는 그렇게 높은 양반들의 집을 방문하며 들개처럼 쫓겨
나기를 거듭했다. 그러다가 마지막으로 훼바 장군의 집을 찾
아 갔다. 이번에도 안 되면 큰 낭패였다. 이젠 막다른 골목
이었다. 양아치가 되는 수밖에 다른 길이 없었다.

"자네가 알프스 횡단을 지휘한 뒤마 장군의 아들이란 말이
지?"

"예, 그렇습니다. 장군님."

"난 보나파르트(나폴레옹 황제)가 자네의 부친을 부당하게

학대하고, 자네 어머니에게까지 좋지 않게 대했다는 말은 들었네만⋯⋯."

"황제는 우리 일가를 가난의 구렁텅이에 빠뜨렸지요."

"그래, 내게 부탁하고 싶은 것이 무언가?"

"아무 일이라도 좋습니다. 일자리를 주십시오. 전 처음에 작가가 되려고 무작정 파리로 왔습니다만, 지금은 빈털터리예요."

"그래? 그렇다면 좋은 일자리가 하나 있긴 한데, 자네, 수학은 잘 하나?"

"제가 가장 못하는 거예요."

"법률은 어떤가?"

"깜깜 절벽입니다."

"그리스어나 희랍어는?"

"간신히 구분할 정도입니다."

"그럼, 계산은 할 수 있나?"

"장군님! 창피스럽지만 솔직히 말씀드리지요. 전 지금껏 사냥, 낚시, 아니면 잡지를 뒤적이거나, 댄스만 추면서 지냈습니다. 그렇다고 불량학생이라고만 생각하지는 마십시오. 아무도 저를 이끌어줄 사람이 없었어요. 장군님께서 인도해 주신다면 지금부터 열심히 하겠어요."

"그렇다면 우선 어떻게 먹고 어디서 지낼 건가? 뭐 생각해 둔 일이라도 있나?"

"장군님! 실은 그게 전혀 없습니다."

장군은 어처구니가 없었다. 이런 막무가내는 처음이었다.

뻔뻔한 이 녀석은 젊은 날의 뒤마 장군을 그대로 빼다 박은 것 같았다. 장군은 속으로 생각했다. 이 놈은 틀림없이 뒤마 장군 이상의 거인이 될 거야! 그런데 도대체 뭘 시켜야 하나?

"좌우간 자네 이름과 주소나 여기 적어두고 가게나."

뒤마는 메모지에 주소와 이름을 적었다. 그것을 본 훼바 장군은 옳다구나 하고 무릎을 쳤다.

"왜 그러세요?"

"자네 필적 말이야. 글씨를 참 잘 쓰는군! 지금 내 친구 사무실에서 편지의 주소 쓰는 사람을 구하고 있어. 거기 들어가게. 거기다 자네를 소개해 주겠네. 별로 대단할 것은 없지만 1년에 1200프랑은 줄 거야."

"정말 고맙습니다. 그런데 제가 그 일을 할 수 있을까요?"

"아, 이 사람아. 주소 쓰는 일도 못하는 사람이 어디 있겠는가!"

"아무튼 고맙습니다."

"그럼 오늘 이야기는 이 정도로 끝내고, 내일 다시 오게나!"

"알겠습니다. 그때까지 저는 방을 하나 빌리지요."

"기운 내게. 이건 정치적인 일이야. 자넨 지난 날 공화당원 뒤마 장군의 아들이란 점에 유의하게. 나도 뒤마 장군의 아들이 그 사무실에서 일하게 될 거라고 내 친구에게 이야기할 테니."

"알겠습니다."

뒤마는 기뻐하며 그곳을 물러 나왔다. 이제부턴 공부를 하지 않으면 안 돼! 그는 그제야 비로소 공부에 대한 필요성을 뼈저리게 느끼기 시작했다.

그는 파리의 뒷골목 후미진 곳에 낡은 방 한 칸을 얻어 생활하면서 열심히 공부했다. 어려운 객지 생활을 하면서 그는 열심히 사고하며 작품을 쓰기 시작했다. 참으로 엉뚱한 작가의 탄생이었다.

그는 일상생활도 엉뚱하고, 기묘하고, 우습고, 아슬아슬하게 했다.

그는 제비뽑기를 하며 과부쟁탈전을 벌이고, 여자를 만나 훗날 <춘희>의 작가 되는 아들을 낳기도 했고, 아들과 여자를 놓고 다투기도 했다. 여자란 일주일은 빨간 동백꽃을 머리에 꽂고 다니는 창녀 춘희를 말한다. 이 춘희를 놓고 아들과 경쟁하며 좋아하기도 했다.

그 외에도 그의 젊은 시절 에피소드는 그의 작품만큼이나 많다. 그래서 독자들에게 재미있는 작품을 많이 선사할 수 있었으리라.

# 엎질러진 물은
## 주워 담지 못한다.

 엎질러진 물은 다시 그릇에 주워 담지 못한다. 즉 한 번 이혼한 여자를 다시 아내로 받아들일 수 없다는 뜻이다. 습유기(拾遺記)에 나오는 말로 강태공의 고사다. 강태공의 본처는 마(馬)씨인데, 태공이 매일 독서만 하고 일을 하지 않는지라, 이런 사내하고 살다가는 장래가 빤하다고 생각하고 도망쳤다. 그 후 태공이 출세하여 제후(諸侯)에 책봉되자, 도망쳤던 마누라가 찾아와서 다시 인연을 이어가자고 했다. 이 때, 태공은 그릇에 물을 담아오게 하고, 그 물을 땅에 엎지른 뒤, 다시 주워 담으라고 말했다.

 마누라는 물을 주워 담으려고 애를 썼으나, 진흙만 긁어 담아 놓았다. 이를 보고 태공은 '엎질러진 물은 주워 담지 못하느니라.'하며 전처의 청을 물리쳤다.

# 표도르 도스토예프스키

1821년 러시아 모스크바 출생

1838년 17세 사립 기술학교 입학

1839년 18세 부친피살 소식을 듣고 최초로 발작을 일으킴

1846년 25세 <가난한 사람들> 출간

1866년 45세 <죄와 벌> 출간

1881년 60세 토혈로 사망

# 사교성 없는 간질병 환자

'인간 행복의 4분의 3은 결혼이 만들어주고, 나머지는 겨우 4분의 1이 만든다.' 이 말은 작가 도스토예프스키가 한 말이다. 예술가들은 흔히 결혼을 부정적으로 말하는데, 그는 드물게도 긍정한 사람이다.

도스토예프스키는 어린 시절 가정이나 학교에서나 어울릴 친구가 없었다. 구석방에서 혼자 세월을 보낸 그는 성장해서도 외부사람들과 원만한 관계를 유지할 수 없었다.

천재들의 성장에 필요한 것이 평범하고 정상적인 보통의 아이들 속에 끼지 못하고 방황하는 것인지도 모르겠다. 도스토예프스키 역시 마찬가지였다. 그는 난파선 조각들이 바다 속으로 가라앉듯 깊이 침잠한 채, 외롭게 홀로 지냈다.

그는 때로 익살스러운 허풍을 떨기도 했으나, 암울한 도시

속에 자신을 가두었다. 그리곤 수치와 자기 비하의 감정을 잘근잘근 씹었다.

그는 가끔 거울을 들여다보며 떠들거나 웃었다. '나의 골상(骨相)은 소크라테스와 닮았으니 틀림없이 그 이상의 위대한 성인이 될 것이다.'라고 떠들거나, '나의 영광은 지금 절정에 달해 있어서 지금 거리로 나가면 수많은 인파들이 나를 경이의 눈으로 바라보며 환호성을 지를 거야.'라며 웃기도 하였다. 그러나 그것은 순간이었다. 정작 그를 더욱 깊은 수렁 속으로 몰아붙인 것은 질병이었다. 그는 치질로 몹시 고생했다. 요즘 사람들도 그렇듯 당시의 그도 그것을 매우 부끄럽고 창피하게 여겼다. 그런데다 그때쯤 간질병 증세까지 나타나 아주 극단적으로 침울한 상태였다.

이 간질병의 발작은 아버지의 비보를 전해 듣고 비롯되었다고 한다.

그의 아버지는 모스크바대학에서 의학을 전공하고 군의관이 되었다가, 마린스키 병원의 상임의사로 일했다. 따라서 도스토예프스키가 태어난 곳은 모스크바의 마린스키 병원에 딸린 아파트였다. 비교적 건전하고 단란한 분위기의 가정이었다. 어머니는 가정적으로나 사회적으로나 지식이나 교양에 있어서 이렇다 할 영향을 줄만큼 뛰어나지는 않은 평범한 여성이었다. 아버지는 몹시 엄격하고 고지식하고 폐쇄적이어서 외출이라는 것을 전혀 모르고 살았다.

그래서 자연에 대한 넓은 시야를 갖지 못한 채, 답답하게 갇혀만 살았던 어릴 적 일상은 그의 작품 세계에까지 이어진다.

아버지는 교외 산책조차 허락하지 않았다. 그 도시를 벗어나지도 못하게 했고, 마음대로 뛰어다니지도 못하게 했다. 훗날 그는 아버지에 대한 기억을 이렇게 간직하고 있었다.

"아버지는 퇴근을 하셔서 저녁 식탁에 둘러앉으면, 꺼내는 화제가 우리들과 함께 웃고 즐길 수 있는 것이 아니라, 거의가 기하학의 원리에 관한 것이었던 것 같다. 아버지는 애써 그런 것들을 간결하게 설명하여 우리들에게 주입시키려 하셨지만, 어린 나에게는 전혀 이해가 되지 않았다. 그것들을 간단히 단어로만 나열해 보자면 예각, 둔각, 곡선, 쇄선 따위였는데, 그것들은 모스크바의 거리 어디에서나 눈에 띄는 것이었다."

아버지는 전혀 외출을 허락하지 않았으므로 함께 놀 친구가 없었다. 도스토예프스키는 아이들의 놀이터가 되어버린 병원 뜰에 나가 아주 조심스럽게 나이 어린 환자들과 이야기하기를 즐겼다. 그러나 어찌된 영문인지 아버지는 이런 어울림까지도 엄격히 금지했다.

이런 상태에서 도스토예프스키는 페테르부르크의 육군 공과학교에 입학했다. 그러나 급우들과의 장벽을 허물 수 없었다. 도스토예프스키는 이렇게 회상한다.

"내 성격도 성격이었지만, 어머니나 아버지는 의심이 많아 도대체 친구 사귀는 걸 허락지 않으셨다. 내 친구가 우리 집 울타리 안으로 들어 온 것은 딱 한 번뿐이었다. 우리 집은 밀폐된 전설 속의 성(城) 같았다. 나는 단 한 번도 혼자서 외출을 허락받은 일이 없었다."

"이봐, 저 어수룩한 친구는 매일 기숙사 방구석에 처박혀 뭘 한다니?"

"그러게 말이야. 저 녀석은 꼭 습지식물 같아. 어둡고 통풍도 잘 안 되는 방구석에서 무슨 일을 꾸미는 건지."

"저 녀석 혹시 바보 아니야? 춤도 출 줄 모르고, 체육도 싫어하고, 어떨 땐 움직이는 동작마저 서툴고 우스워."

급우들의 쑥덕공론이었다.

원래가 '천재들의 주소는 만인(萬人)의 조소 위다.'라고는 하지만 '바보', '습지식물' 같은 표현은 좀 심했는지도 모른다.

그는 과연 그 어둡고 답답하고 동굴 같은 기숙사 방에 틀어박혀서 무엇을 했을까?

그는 당시 러시아 문학계를 열병에 휩싸이게 했던 낭만파 최고의 시인 시들로프스키를 열렬히 사랑하고 있었다. 그것은 그의 청춘 시절에 가진 최초의 열정적인 사건이었다.

물론 시들로프스키가 남자였던 만큼 그를 사랑했다고 해서 동성연애를 했다는 말은 아니다. 친구로서 그를 존경한 나머지 그의 작품과 정신세계에 탐닉했던 것이다.

"난 처음으로 황홀경에 빠져 보았다. 그와의 교제는 나의 생활을 고상하게 만들어주었다. 나는 그런 친구를 얻었다는 그 사실만으로도 황홀할 지경이었다. 그러나 그와의 우정은 내게 쾌락과 동시에 크나큰 고통을 안겨 주었다. 그는 얼마 지나지 않아 페테르부르크를 떠나 버렸던 것이다."

이 로맨틱한 격정도 이내 사라지고 말았다. 시들로프스키가 떠남과 동시에 모스크바로부터 아름답지 못한 아버지의 최후를 전해 듣게 된 것이다.

그의 아버지는 그 무렵, 의사로서의 직책과 진료를 팽개치고 예전에 사두었던 다르보 농장으로 돌아가 전원생활을 하고 있었다. 그는 자신의 노후를 소박하고 아름답게 지내지 못하고, 과분하게 크고 화려한 저택을 짓고 아주 타락한 생활을 영위하고 있었다. 아버지의 타락은 아내의 죽음에서 연유한 것이었다. 어머니의 죽음은 아버지에게 치명적인 타격을 주었다.

그는 시골 농장에서 자신을 가둔 채 수인(囚人)같은 삶을 살았다. 그를 거들어주는 사람이 아무도 없자 고독을 술과 행패를 부리는 것으로 달랬다. 그 행패의 대상은 물론 어린 자식들과 소작인 농노(農奴)들이었다.

추태는 날로 심해져 갔다. 소작인들을 아침 일찍부터 밤늦게까지 혹사시켰다. 완전히 폭군이었다. 그는 결국 그 때문에 소작인들에게 피살당하고 말았다. 이를테면 맞아죽은 것이다.

그 소식은 마음이 여리고 약한 도스토예프스키를 몹시도 괴롭혔다. 곧 진정은 되었으나 그는 이제 모든 면에 장벽을 쳤다. 은폐의 장벽을.

어쩌다가 친구들과 교제를 가질 기회가 있으면 그는 괜스레 짜증을 섞거나 슬슬 피했다. 툭하면 신경질을 부렸다. 가족들에게도 마찬가지였다. 그런 일들은 자신이 의식하지도 못하는 사이에 일어났다. 그것은 물론 육체적인 결함, 즉 건강상태가 나쁜 데서 비롯되는 현상이었다.

그는 그런 자신의 행위가 얼마나 바보스런 짓인지 후회했다. 그는 가끔 자기가 저지른 무례하고 어리석은 행위를 사죄하였다. 그것도 자존심은 있어서 면전에서는 못하고 편지로 하곤 했다.

형!

내가 형에게 얼마나 못되고 성가시게 굴었는지 다시 생각해 봅니다.

형.

이해해 주십시오 저는 환자입니다. 언제나 고독하고 우울하고 고통스러운 환자입니다. 언젠가 형은 나에게 상호평등을 인정하려 들지 않는 나의 행동에 대해서 말씀하셨지만 그것은 부당합니다. 하지만 저는 사실 불유쾌하고 쌀쌀한 성격의 소유자입니다. 저는 언제나 저 자신 보다 형을 존경해 왔지만 저의 이 무례하고 버릇없는 성격 때문에 형에게는 물론 다른 사람들에게도 경원 당하고 있어요

그는 자책하면서 거기서 탈피해보려고 발버둥 쳤으나 운명은 결코 그를 놓아주지 않았다. 그것도 평생토록.

그 중의 하나는 4년 동안 영하 17도까지 내려가는 유형지

생활이었다. 그 이유는 '금요일 서클' 회원이었기 때문이었
다.

당시 그 단체는 프랑스 공산주의 사상에 젖어있다고 감시
를 받고 있었다. 그 서클이 하는 일이란 그저 러시아 사람이
라면 다 할 수 있는 이야기 즉, 출판의 자유라든가, 노예 해
방, 가족 제도의 폐지, 이상국가의 수립 등에 대한 토론이었
다. 그런데 이 서클이 자꾸 확대되어서 나중엔 반국가적인
단체로 오인 받게 되었다. 도스토예프스키의 죄목은 어느 날
의 모임에서 러시아에선 금지된 벨린스키의 글을 낭독했다
는 것이었다. 그 글은 고골리가 정통주의로 전향한 것을 비
난한 것이었다. 그가 그 글을 낭독했던 것은 단지 문학상 진
귀한 문서여서 읽었을 뿐이었다. 그러나 그는 결국 징역형을
살게 되었다.

유형지에서의 생활은 자기 입으로 '죽음의 집'이라 했을 만
큼 참담했다. 이것은 훗날 그의 작품 <죄와 벌>의 모태가
되었다.

어쨌든 그는 형기를 마치고 페테르부르크로 돌아왔다. 그러
나 악마의 손길은 결코 그에게서 떠나지 않았다.

병세는 한결 더 악화되어서 간질 발작은 심하게 일어났다.
첫째 부인 마리아가 폐결핵으로 죽었다. 거기다가 그의 광적
인 도박벽……. 또 두 번째 부인 안나와의 사이에서 태어난
아들이 간질병으로 죽었다. 그의 인생은 참으로 끝없는 불행
의 연속이었다. 하나의 불행 속에서 하나의 작품을 낳고, 또
하나의 불행 속에서 또 다른 작품을 낳은 것이라 해도 과언

이 아니다.

 물론 그는 두 번째 부인 안나의 지극히 희생적이고 헌신적인 사랑 속에서 새 삶을 찾기는 했다. 장년의 작품 활동을 전개할 수 있었던 것도 안나 덕분이었다. 만약 도스토예프스키가 평범한 생활 속에서 느긋하게 살아온 사람이었다면 과연 그런 작품을 쓸 수 있었을까?

 이 불행한 천재는 죽는 순간까지도 간질병을 떼어버리지 못하고, 폐동맥이 끊어져 피를 토하며 쓰러졌다.

 그는 불행한 사생활 대신, 가정적인 행복과 문학적인 명성만 얻은 소설가였다.

사랑을 하는 자는
　사자(死者)와 같이
　　날개 없이
　　　하늘로 날아간다.


사랑할 때는
하늘에나 오르듯이 행복하다는 뜻.
또는
사랑은 맹목이며
매우 위태롭다는 의미도 포함된다.

미켈란젤로의 말

# 헤르만 헤세

1877년 독일 카브르 출생
1891년 14세 마우루브로운 신학교 입학.
　　　　소설 <페터 카멘친트>로 명성을 얻음
1946년 69세 괴테 문학상, 노벨상 수상
1962년 85세 사망

주요작품
<지와 사랑> <데미안> <싯다르타> 등.

# 학교 부적응 문제아

사춘기 시절의 헤르만 헤세는 공부도 무척 열심히 하는 우등생이었다. 그런데 어찌된 영문인지 걸핏하면 행방을 감춰버렸다. 아무에게도 알리지 않고 행방을 감춰버려 학교나 부모님은 물론 경찰들까지 동원되어 수색케 했다.

'헤르만 헤세. 어제 2시 이후 행방불명. 연락바람.'

학교에서 날아온 전보를 받고 헤세의 부모들은 웬 청천 날벼락인가 싶어 숫제 넋이 빠져 버렸다. 그도 그럴 것이 바로 어제 헤르만에게서 날아온 편지는 너무도 태평스러웠기 때문이다. 어제의 편지에서는 제법 호쾌한 나날을 보내고 있다는 아주 평범하고 평온한 내용이었기 때문이었다.

**어머니, 마우루브로운 학교는 정말 더할 나위 없이 좋은 학**

교입니다. 아주 만족스럽습니다. 환경도 좋고, 교수님들도 좋고……. 특히 마음에 드는 것은 학교의 분위기입니다. 선생과 학생 사이에 허물이 없고 화목한 교류, 학생들끼리의 다정하고 다감한 우정이 어린 관계.

우리는 서로서로 마음이 통하여, 우리 눈에는 보이지 않지만, 가슴과 가슴으로 이어진 아름다운 끈을 더욱 굵게 튼튼하게 하고 있습니다. 아무 것도 답답한 것은 없습니다. 자유롭고 평화롭습니다. 그야말로 신의 사랑과 은총이 한꺼번에 내린 신학교인 것 같아요. 장엄하고 끝없는 회랑을 거닐면서 학우들과 문학, 예술, 종교 등에 관하여 서로 논의하는 것은 얼마나 멋진 일인지요.

호메로스는 정말 훌륭합니다. 〈오이디푸스〉를 독일어로 번역해보기도 합니다. 외국어를 번역하는 일은 서툴지만 저에겐 대단한 즐거움입니다. 저는 신학 공부도 물론 열심히 하겠지만 특히 이웃 나라의 말을 골고루 섭렵할 계획입니다.

이런 녀석이 갑자기 행방이 묘연해지다니 놀랍다기보다는 어처구니가 없는 일이었다. 그야말로 자다가 홍두깨 격이었다.

실연을 당한 것도 아니고, 누구와 싸운 것도 아니고, 학교에서 야단을 맞은 것도 아니었는데 그는 이따금 행방을 감추곤 했다.

너그럽고 지혜로운 타의 모범생 헤르만 헤세가 증발할 이유는 없었던 것이다. 그런데 뚜렷한 이유도 없이, 외투도 걸치지 않은 채 입은 옷 그대로, 돈 한 푼 없이 어디를 갔을까?

학우들은 학교 주변 산 속 나무숲까지 샅샅이 뒤졌으나 헤르만의 흔적은 찾을 수 없었다. 학교 당국은 할 수 없이 경찰에 연락을 했고, 그것은 충격적인 실종 사건으로 다루어졌다.

경찰은 최선을 다해 수색했으나 아무런 단서도 잡지 못했다. 그러던 어느 날, 이 헤세는 사흘 만에 한 경찰관의 손에 이끌려 학교로 돌아왔다.

그의 행색은 아주 초라했다. 신발은 어디다 팽개쳤는지 맨발이었고, 옷은 흙먼지를 뒤집어 쓴 채 군데군데 찢겨져 있었다. 머리는 벌집처럼 헝클어졌으며, 눈은 죽은 사람처럼 푹 꺼져 있었다. 정신병원을 뛰쳐나갔다가 잡혀 돌아온 영락없이 미친놈 같았다.

"오! 헤르만! 어떻게 된 거야? 어디 있었어? 어디서 뭘 했어? 이 자식아 어딜 가려면 간다고 말을 하고 가야지! 얼마나 찾은 줄 알아? 빠져 죽은 줄 알고 요 너머 강물 속까지 다 뒤졌단 말이야."

급우들은 그가 살아 돌아온 것을 반가워하며 주위로 몰려들어 한마디씩 거들었다. 그러나 헤르만은 그에 대한 반응이 없었다. 멍청한 표정을 띤 채 '죽고 싶어, 죽고 싶을 뿐이야.'

라고 중얼거리기만 했다. 급우들은 그런 헤르만을 쳐다만 볼 뿐, 무엇이 그로 하여금 죽고 싶다는 생각을 하게 했는지 아무런 짐작도 할 수 없었다. 헤르만이 죽음을 생각해야할 이유가 아무 것도 없었기 때문이었다.

증발에 대한 처벌은 마우루브로운 신학교의 교칙에 따라 엄중히 내려졌다. 헤세는 이틀의 금고 처분을 선고 받았다.

어두컴컴한 방에 감금된 채 헤르만은 고향 카브르의 어머니께 편지를 쓰고 있었다.


사흘 동안이나 영타의 들판에서 지냈습니다. 쭉 걷기만 했어요. 저는 무엇에 대하여 이토록 깊은 노여움과 실의와 증오를 품고 있는지요? 무엇이 저를 이렇게 좌절타게 타는지요?

저도 잘 모르겠습니다. 저는 갑자기 신학교 생활이 싫어졌습니다. 삭막한 암흑과 같습니다. 제발 저를 버리지 마시고 용서해 주십시오. 저는 지금 빵과 물뿐인 금고형을 받고 있습니다. 어둡고 춥고 배고파요. 타지만 이제 곧 끝날 겁니다. 너무 염려 마십시오.

정신적으로 신체적으로 몹시 쇠약해졌으나 기운을 낼 겁니다. 차츰 회복될 거예요. 아닙니다. 어머니! 저는 오로지 피곤해서 이젠 아무 것도 할 기력이 없습니다. 이것이 병인지요? 이제껏 없던 증상이에요. 천태룸기 짝이 없고, 머릿속은 불타는 듯 화끈거리고, 두 다리는 끊임없이 들판을 달리는 기분이

듭니다. 저는 답답해서 광활한 대지를 달리고 싶어요 망아지처럼 달리고 싶어요


헤르만은 편지를 쓰긴 했으나 부치지는 않았다. 그리고는 잊혀질만하면 예의 실종 사고를 일으키는 것이었다. 이틀씩, 사흘씩, 또는 몇 시간씩, 헤매다 돌아오는 것이었다.

이런 헤르만을 학교 측에선 문제아 취급을 하였다. 가끔 헤르만 때문에 골탕을 먹어야하는 친구들로부터 미움을 받고 따돌림을 받았다. 당연히 그는 학교에서 고립되어 갔다.

얼마 후에 헤르만은 고향으로 돌려보내졌다. 헤르만 자신도 문제였지만, 그런 행동은 다른 학생들에게도 나쁜 영향을 준다는 이유였다.

그러나 이 증발 벽은 고향에 돌아와서도 쉽게 고쳐지지 않았다. 정신적인 갈등과 노이로제, 자폐증, 우울, 방황……. 이런 것들에 시달리면서 점점 찌들어 갔다.

다른 학교에 입학을 했으나 일 년도 다니지 못하고 자퇴를 해버렸다. 차라리 일찍 사회에 발을 디뎌보려고 서점 판매원이 되기도 했지만 사흘 만에 그만두었다. 기계 견습공이라도 해보려고 했으나 역시 한 달도 버티지 못했다. 헛바람이 들어도 단단히 든 것이다.

어머니와 아버지가 어떻게든 그를 정상으로 회복시키려고 백방으로 손을 썼지만 잘 되지 않았다. 어느 것이나 다 실패로 끝나고 말았다. 스스로 달아나거나 내쫓기거나 하는 것이었다. 그런 일이 무려 4년이나 계속되었다. 흐르는 세월만이

치료해 줄 수 있는 불치병이었다.

그러던 헤세는 열여덟 살이 되어서야 처음으로 심경의 변화를 가져왔다. 차츰 안정이 되어갔다. 명랑한 기분을 되찾을 수 있었다. 요컨대 정신적으로 건강해진 것이었다.

훗날 그의 작품 대부분은 사춘기적 방황과 고뇌, 심리상태 등을 묘사한 것이었다. 그것은 바로 희한하고도 참담했던 자신의 사춘기적의 갈등을 토대로 한 것이라 할 수 있다. 또한 그는 자신의 사춘기적 방황을 말갛게 드러내며 변명처럼 솔직하게 다음과 같이 말했다.

"그때의 불투명한 형체의 노여움이나 미움 또는 방황이야 말로 나의 문학적 자아를 형성해준 원동력이었습니다. 만약 나에게 그렇게 험난한 정신적 여로가 없었다면 아마 마우루브로운 신학교를 얌전히 졸업하고 평생 목사노릇이나 했겠지요. 다행히도 나는 미친 듯 날뛰던 그 시절을 잘 뛰어 넘어, 건강하게 성장해 갔습니다. 나는 그 시절의 정신적인 방황에서 싹튼 사고와 의식을 바탕으로 하여 많은 글을 쓸 수 있었던 것입니다."

# 아내가
# 남편을 섬기는
# 다섯 가지 훈(訓)

1) 먼저 일어나라.
2) 나중에 자라.
3) 말을 부드럽게 하라.
4) 공손 하라.
5) 의견을 말하고 판단을 기다려라.

# 니콜로 파가니니

1782년 이탈리아 제노바에서 출생
1790년  8세 자작 소나타 연주
1796년 14세 파르마 궁전의 초대로 연주 여행
1800년 18세 아버지의 행패를 못 이겨 가출
1801년 19세 행방불명이 됨
1840년 58세 사망

# 도박과 여자에 미친 연주자

이런 사나이는 이 세상에 두 번 다시 태어나지 않을 것이다. 바이올린 속에 갇혀 있던 불의 질풍노도와 같이 한 시대를 휩쓸고, 죽어서도 세상을 끊임없이 들끓게 했던 그는, 한 마디로 전설 속의 귀재였다.

항상 검은색 옷차림.

깡마른 체격.

창백한 얼굴.

그러면서도 뭇 여성들을 매료시키는 불꽃과도 같이 눈부시고 아름다운 미소, 청중을 내려다보는 매혹적인 눈빛은 분명 어떤 마력을 띠고 있다. 게다가 오늘날까지도 아무도 흉내 낼 수 없는 연주법, 단 한 줄의 현으로 깔끔하게 이중 음을 토해내는 그의 연주가 끝날 때면 청중들은 온 몸이 저려서

어쩔 줄을 몰랐다. 감격한 여성들은 사뭇 훌쩍거리기 예사였
고, 어떤 여자는 실신까지 했다고 한다.

 이런 바이올린의 마술사는 소년 시절을 어떻게 걸어왔을
까? 물론 그는 바이올리니스트이니까 바이올린을 켜며 살았
을 것이다.

 그런데 그도 한때는 바이올린 못지않게 정신을 빼앗긴 것
이 있었다. 그것은 도박이었다. 그는 한때 도박을 하기 위해
바이올린 연주를 하여 돈을 벌었고, 급기야는 바이올린까지
잡히고 도박을 했다. 그가 도박에 미친 것은 아버지로부터
물려받은 것이었다.

 그의 아버지와 어머니는 몹시도 가난한 집안 출신이었다.
아버지는 부둣가에서 노동자로 일하다가 가까스로 선박회사
에 사원으로 입사해 근근이 살아가고 있었다. 어머니도 마찬
가지로 가난한 집안 여자였으나 용모는 매우 아름다웠다고
한다.

 그런데 그녀는 뜻밖에도 가수의 재질을 다분히 가지고 있
었다고 한다. 음악을 배운 적은 한 번도 없었으며 일자무식
이었기 때문에 악보도 읽을 줄 몰랐다. 그런데도 이 여자는
아무리 어려운 곡이라도 한번만 들으면 그대로 부를 수 있
는 대단한 음감과 기억력을 소지하고 있었다. 그래서 아버지
는 예전부터 조금씩 익혔던 기타로 반주를 하며 아내에게
노래를 부르도록 했다. 그리고 저녁때가 되면 아내를 앞세우
고 선술집을 돌아다녔다. 의외로 수입은 좋았다. 그것은 아
내가 노래를 잘 부르기도 했지만 더 큰 이유는 그녀의 미모

때문이었다. 아버지는 술집에서 노래 부르는 것이 선박회사에서 일하는 것보다 더 많은 수입을 얻을 수 있다고 생각하여, 바이올린도 하나 장만하여 본격적으로 직업을 바꿔보려고 마음먹었다.

이런 부모를 둔 파가니니는 아버지가 선박회사에 출근하고 나면, 자연히 기타나 바이올린을 만지작거리며 놀았다. 그러다가 어느 날 아버지에게 들키고 말았다. 파가니니는 아버지가 아끼는 것을 만졌다고 야단맞을까봐 잔뜩 겁을 먹었다. 그런데 의외로 아버지의 표정은 놀라움을 금치 못하는 인상이었다.

그리고는 좀 전의 그 곡을 다시 켜보라고 했다. 그것은 예전에 자기가 심심풀이로 연주했던 곡이었다. 놀랍게도 파가니니는 아버지가 연주한 곡을 들은 기억만으로 그 곡을 그대로 연주했다. 아버지는 다음날 당장 평범한 바이올린 연주자인 세르베트라는 사람에게 파가니니를 데리고 갔다. 그는 근방의 극장 밤무대에서 바이올린을 연주하는 바이올리니스트였다.

세르베트는 여섯 살이 된 이 꼬마의 이야기를 듣고 우선 악보와 화음, 음계, 음역에 대해 가르쳤다. 불과 며칠 만에 파가니니는 그것들을 완전히 숙독하였고, 악보를 보고 혼자 연습할 수 있게 되었다. 그리고 거기다가 자기 나름의 테크닉까지 구사하게 되었다.

세르베트는 얼마 지나지 않아 파가니니를 코스타라는 선생에게 넘겨주었다.

얼마 지나지 않아 파가니니는 여기서도 코스타 선생을 능가하는 재능을 보였다. 이에 조바심이 난 코스타 선생의 부인은 '여보! 조심하세요. 저 조그만 악마에게 당신의 일자리를 빼앗기지 않도록 말이에요. 아이가 당신보다 훨씬 더 연주를 잘 하게 된단 말이에요.'라며 남편을 충동질했다. 그래도 코스타는 개의치 않고 교회나 무대에 파가니니를 앞세우고 다녔다. 그리하여 파가니니는 슬슬 제노바 시에서 명성을 얻기 시작했다.

자연히 얼마간의 보수가 따랐다. 그러자 아버지는 눈에 쌍심지를 켜고 파가니니를 매질했다. 불과 여덟 살의 나이에 그만큼 하는 것도 기적이건만 그는 진종일 아이에게 연습을 시켰다. 잠시 한숨이라도 돌릴라치면 때리고, 굶기기까지 했다. 또한 파가니니의 수입을 모조리 빼앗아갔다. 그는 그 돈으로 도박을 일삼았다.

어쨌든 파가니니의 연주는 훌륭한 것이었고, 그의 명성과 인기도 더해갔다. 따라서 수입도 자연히 늘었고 아버지는 버는 족족 도박으로 날렸다.

그러다가 두 부자는 피렌체의 어느 귀족의 초청을 받아 갔다. 여기서도 파가니니는 뛰어나게 훌륭한 연주를 했다. 그리고 그의 연주에 감격한 그 귀족에게 바이올린을 선물 받았다.

선물로 받은 바이올린은 세계적으로도 유명한 베르곤치였다. 베르곤치는 명성 못지않게 훌륭한 악기였다. 이를 계기로 파가니니는 더 좋은 평판을 얻었다. 그리고 이 해에 각

대도시 순회 연주회를 열두 번이나 가졌다.

그런데 머리에 든 것 없고 욕심만 많은 아버지는 이 연주회의 수입마저도 순식간에 몽땅 다 탕진해버렸다. 그리고는 어린 자식에게 어떻게든 더 많은 돈을 알겨내려고 혈안이었다. 나중엔 회사마저 아예 집어치우고 파가니니를 감시하기에 이르렀다. 잠시도 쉬지 못하게 하기 위해서였다.

이런 속박을 파가니니가 견딜 재간은 없었다. 섬세한 사춘기 소년은 아버지의 억압과 구속도 견디기 힘들었지만, 아버지에게서 탈출을 열망하게 된 더 큰 이유는 사랑에 대한 동경이었다.

그는 어느 날 부모님 몰래 집에서 도망을 쳐버렸다. 그리고는 소도시를 순회하면서 자기 맘대로 연주회를 갖곤 했다. 다행히도 그는 가는 곳마다 열광적인 박수갈채를 받았다. 따라서 자기 몫의 돈도 마련할 수 있게 되었다. 그런데 피는 속일 수 없는 것인지, 그는 아버지의 도박에 대한 열정마저 이어받았다. 그래서 이번에는 자기 스스로 도박에 빠져버렸다.

당시의 이탈리아 소도시에는 카지노라 불리는 도박장이 있었다. 그래서 여행자에게는 노름을 할 기회가 많았다. 으레 돈이 많이 도는 곳엔 도덕이 문란하여 여자들도 꼬이기 마련이다. 이런 카지노 또한 예외가 아니어서 돈 많은 사람들은 얼굴이 예쁜 여자들을 고용하여 매춘 행위를 하곤 했다.

또한 거리에는 순회공연 극단의 삼류 여가수들이나 무용수들이 활개를 치고 다녔다. 그래서 환경적으로 여자와 놀아나기에 알맞게 되어 있었다.

　세상물정에 어둡고 혈기도 왕성한 파가니니는 아무 거리낌 없이 그 더러운 물결에 몸을 내맡겼다. 돈도 제법 벌었고, 얼굴도 잘 생겨 인기도 좋고, 말릴 사람도 하나 없고, 거센 물결에 몸을 맡겨도 아무것도 거리낄 게 없었다.

　하룻밤의 연주로 번 돈은 하룻밤에 도박으로 날렸고, 또 하룻밤의 연주로 번 돈은 여자와의 향락에 하룻밤에 쏟아 부었다. 때문에 그의 주머니는 항상 동전 소리만 짤랑짤랑 했다. 무대에 서면 열광적인 박수갈채를 받는데도, 열정적으로 연주하는 예술가로서의 긍지나 명예조차 팽개쳐 버리고 도박과 여자로 세월을 허비했다. 그러다가 마침내 선물 받았던 값비싸고 귀한 베르곤치까지 걸고 덤볐다. 결과는 뻔했다. 파가니니는 아끼던 베르곤치를 날려버렸고, 이젠 악기가 없으니 계약된 연주회마저 포기해야 했다.

　이 소식이 전해지자 극장에서는 손해배상을 하라고 야단이었다. 손해배상은커녕 입에 풀칠한 돈도 없는 파가니니는 극장 주인에게 맞아죽어야 할 판이었다.

　그러나 사람이 죽으란 법은 없는지 리브롱이라는 한 늙은 음악 애호가가 파가니니를 찾아왔다. 바이올린이 든 케이스를 들고서.

　"이 과르넬리는 스트라디바리의 가장 훌륭한 악기보다 더 높이 평가할 수 있는 명기요. 아직 한 번도 공개된 장소에서 연주된 적은 없지만 당신이라면 이 악기에 명예를 더해줄 수 있을 것 같소."

파가니니는 두말없이 악기를 받아들고 음을 조율하고 각 현의 소리를 확인해 보았다. 그것은 베르곤치 따위에 비할 바가 아니었다. 기가 막히게 훌륭한 악기였다. 말하자면 베르곤치는 과르넬리에 비하면 어린 애들 장난감에 불과했다.

물론 연주는 대성공이었다. 베르곤치로는 다 발휘할 수 없었던 파가니니의 테크닉은 과르넬리에 의해 활짝 피어났다. 파가니니는 과르넬리의 풍부한 음을 아낌없이 표현해주는 유일한 연주자가 되었다. 그 노인은 너무 감격한 나머지 과르넬리를 파가니니에게 기증했다. 파가니니는 평생 그 악기로 연주를 했고, 그가 죽은 후에는 박물관에 보관되었다. 그리고 파가니니의 영혼과 함께 지금까지도 침묵하고 있다.

그런데 그 후로 파가니니는 갑자기 종적을 감추고 말았다. 그의 행방을 아는 사람은 아무도 없었다. 어디서 무엇을 했는지 아무도 몰랐다. 그런데 그는 5년 후 홀연히 나타났다. 그리고 예전과 똑같이 연주를 하였다. 청중들에게는 예전보다 더 열광적인 환호를 받을 수 있었다. 수입액은 막대했다. 그러나 그는 이제 여자나 도박 따위에 현혹되지 않았다. 오로지 음악에 전념했다.

파가니니는 이탈리아 전역을 들끓게 하는 마력의 존재로 크게 부상했다. 그러나 탄탄대로는 아니었다. 파가니니의 명성과 재주를 시기하는 무리들이 생겨난 것이었다.

파르마의 펠라라 극장에서였다. 유명한 소프라노 가수와 합동 공연이 예정되어 있었다. 그런데 연주회 시작 직전에 그녀가 일방적으로 출연을 거부했다. 파가니니를 골탕 먹이기

위한 계략이었다. 파가니니의 라이벌이 그녀를 조종했던 것
이다.

연주회장은 여느 때와 마찬가지로 입추의 여지없이 초만원
이었다. 그러나 연주를 단념할 수는 없었다. 그는 그 여가수
대신 다른 가수를 출연시키려 했다. 청중들은 갑자기 프로그
램이 바뀌자 청중을 우롱하는 거냐고 화가 나서 야단들이었
다.

그러나 파가니니는 좌절하지 않고 청중들을 설득, 연주를
했다. 연주회장에는 멋진 연주에 대한 답례로 우레와 같은
박수갈채가 쏟아졌다. 연주회가 성공을 이룬 것 같았다. 그
러자 이번엔 통로 쪽에서 야유 소리가 터져 나왔다. 아주 저
질스럽고 무례한 휘파람 소리가 날아 다녔다. 삼류 스트립쇼
걸들에게나 어울릴만한 휘파람 소리였다.

정말로 화가 난 파가니니는 조용히 해줄 것을 당부했다. 그
리고 이번엔 정말로 여러분들이 깜짝 놀랄 작품을 들려주겠
노라고 말했다. 그리고는 무대에 서서 바이올린을 켜기 시작
했다. 그것은 온갖 짐승의 울음소리를 흉내 낸 것이었는데,
진짜와 분간할 수 없을 만치 똑같았다. 개가 컹컹 짖는 소
리, 돼지가 꿀꿀거리는 소리, 갖가지 새 울음소리, 암탉이 꼬
꼬댁거리는 소리 등이었다. 연주를 끝내고 파가니니는 좀 더
무대 앞으로 나아갔다. 청중들에게로 가까이 다가갔다. 그리
고는 분명하고 똑똑하게 말했다.

"자, 그럼 이번엔 아까의 그 무례한 휘파람 소리에 대한 답
례를 해 드리겠습니다."

그는 자세를 고쳐 근엄하게 서서는 길게 여운을 남기는 당나귀 울음소리를 냈다. 왜냐하면 이 펠라라 시민들의 별명이 '당나귀'였기 때문이었다. 어째서 이곳 시민들을 당나귀라 부르는지는 모르지만, 이 도시 부근의 사람들은 펠라라 시민들을 가리켜 늘 당나귀라 비웃고 야유를 했다. 그래서 그때마다 유혈전이 벌어지곤 했다. 그런 이유로 이곳 펠라라 시민들에게 당나귀 울음소리를 들려준다는 것은 최대의 모욕이었다. 위대한 음악가의 연주에 휘파람이나 휙휙 불어대며 기분 나쁘게 하였으니, 그도 거기에 대한 보답을 했던 것이다.

그러자 청중들은 '이 악마 같은 놈아!'라고 소리를 지르며 일제히 자리를 박차고 무대로 쫓아 올라왔다. 파가니니는 얼른 바이올린을 옆구리에 낀 채 엉겁결에 무대 천정으로 기어 올라갔다. 여러 가지 무대 장치를 매달아 놓은 곳이었다. 그는 한 구석으로 들어가 이튿날 아침까지 몸을 숨기고 꼼짝 없이 있어야 했다. 안 그랬으면 펠라라 시민들에게 맞아 죽었을 게 뻔했다.

이튿날 아침, 그의 친구가 찾아와 얼른 변장을 하고 이곳을 떠나라고 충고해 주었다. 들키는 날엔 틀림없이 주먹다짐을 당할 것이라는 거였다. 그는 할 수 없이 친구가 구해준 승려복으로 갈아입고 그 도시를 떠났다. 이 불쾌한 도시에 다시는 오지 않으리라 다짐하면서 말이다.

펠라라를 떠나 각지를 전전하다 그는 로마에 갔다. 이때의 파가니니는 이미 소년의 티를 벗고 어엿한 어른이 되어 있었다. 그는 거기서 로시니를 만났다.

마침 로마에서는 카니발이 열리고 있었다. 유명한 음악가이면서도 만년 소년 기질을 버리지 못한 두 사람은 이 축제 기간을 어떻게 하면 즐겁게 보낼 수 있을까 궁리했다. 그러다가 킬킬거리며 여자 집시로 변장했다. 그리고는 노래를 부르며 거리를 돌아다녔다. 뚱뚱한 로시니와 키가 크고 비쩍 마른 데다 곱상한 파가니니는 익살스러우면서도 죽이 잘 맞았다.

그들은 자기들이 작곡한 '집시의 노래'를 이중창으로 불렀고, 파가니니는 몸을 배배 꼬아가며 기타 반주까지 곁들였다. 이 우스꽝스런 이중창을 부르는 홀쭉이와 뚱뚱이가 그 유명한 파가니니와 로시니라는 것을 아는 사람은 아무도 없었다. 그뿐이 아니었다. 어떤 날은 거리를 지나다가 어느 집 창가에 선 어여쁜 소녀를 발견하고 첫눈에 반해버렸다. 파가니니는 어떤 희생을 치르더라도 그녀를 자기 것으로 만들어야겠다고 생각하고 그 집 대문을 두드렸다. 그러다 하인에게 쫓겨나고 말았다. 그러자 이번엔 봇짐장수로 변장하고 다시 찾아갔다. 그러나 이번에도 역시 말도 못 붙이고 쫓겨났다.

이번엔 될 대로 되라는 심정으로 담을 넘었다. 그리곤 그녀의 방을 두드렸다. 그날은 마침 보름날이라 사방이 휘영청 밝은 달밤이었다. 느닷없이 찾아든 요상한 사내를 보고 소녀는 처음엔 신기한 듯 동경의 눈으로 보더니, 느닷없이 찢어질 듯 비명을 질러대는 것이 아닌가! 비명소리를 듣고 집안에 있던 사람들이 우르르 몰려올 것 같았다. 당황한 파가니니는 엉겁결에 창문에서 마당으로 풀쩍 뛰어내렸다. 그리고

는 발목을 삐어 '어이쿠'하고 저절로 비명이 새어나왔다. 그
래도 그는 잠시도 지체할 수 없었다. 할 수 없이 아픈 다리
를 절룩거리며 정원을 지나, 다시 담을 넘어 도망을 쳤다.

이렇게 개구지고 익살스러우며 이상한 짓들을 서슴없이 해
치우곤 했다. 그러나 일단 무대에만 서면 악마가 연주를 하
듯 청중들의 가슴을 훑어 내리게 했다. 유럽의 청중들은 파
가니니의 연주를 한번만 들으면 홀린 듯 만족해했다. 그리고
아무리 천재적인 바이올린 연주자라 하더라도 파가니니가
아니면 시시하고 우습게 생각했다.

그를 질투하는 다른 음악가들은 그를 깎아내리려 애를 썼
다. 귀신에 씐 비예술적 음악가라고. 그러나 사람들은 그의
연주가 아니면 가슴이 두근거리지 않았다. 그리고 아무도 그
를 압도하지 못했다.

그가 죽은 지 백년 이상의 세월이 흘렀어도 그를 능가할
바이올리니스트는 나타나지 않았다. 그와 실력을 견줄만한
사람조차 보이지 않는다. 제2의 파가니니로 지칭될 연주자가
없는 그의 예술은 그만이 아는 비밀에 싸인 채 잠들어 있다.

# 여자는 본시
# 남자와 동등하게 만들었는데
# 남자 이상의 것이 되었다.

악처로 이름 높은 아내를 가졌던 소크라테스의 말이다. 친구들이 소크라테스에게 '왜 그런 아내를 그냥 두느냐?'며 이혼해버리기를 은근히 종용했지만, 소크라테스는 악처를 자기 수양의 기틀로 삼고 견뎠다. 여러 사람이 둘러보는 가운데, 그 *마누라가 그에게 물통을 뒤집어씌운* 이야기는 너무도 유명하다. 소크라테스도 내심 여자에게는 진절머리가 났던 모양이다.

# 조강지처는
# 당상(堂上)에서 내리지 않는다.

가난하고 고생스러울 때 함께 견뎌온 아내는 후일 부귀하게 되었을 때, 높이 앉힐망정, 결코 푸대접해서는 안 된다는 뜻이다.

후한서(後漢書) 송홍전(宋弘傳)에 '빈천할 때 더불어 고생한 일은 잊지 말 것이며, 조강지처는 당(堂)에서 내리지 않는다.'하였다. *조강(糟糠)은 술지게미와 쌀겨*를 말하며, 대체로 남과 같이 먹지 못하고 지냈다는 뜻이다.

# 클라라 슈만

1819년 독일 라이프치히 출생
1827년  8세 최초 공개 연주회. 로버트 슈만 만남
1840년 21세 슈만과 결혼
1855년 36세 슈만의 죽음으로 음악에 진력함
1880년 61세 슈만 기념비 제막
1896년 77세 사망

# 남자 때문에
## 아버지와 법정 다툼

사랑하는 로버트! 벌써 밤이 깊었어요 그냥 잠자리에 들까 했는데 그대가 너무나 보고 싶어 조금만 쓰겠어요 지금 막 **황후 폐하** 어전에서 돌아와 저녁 식사를 끝냈습니다. 저의 연주를 들으시고 황제나 황후께서 많이 칭찬하시고 저와 이야기를 나누고 싶어 하셨지만, 저는 오로지 당신 생각에 이런 것도 다 싫었습니다. 다만 당신이 보고 싶어 미칠 지경입니다. 그래서 이렇게 밤늦게 편지를 쓰는 중이랍니다.

이때 밖에서 노크 소리가 들렸다. 그리고 곧이어 문이 덜컥 덜컥 소리를 내며 흔들렸다.
"누구세요?"
"나다. 클라라."

"안 그래도 아버지께 들킬까봐 가슴을 졸이며 편지를 쓰는 참인데 절반도 채 쓰기 전에 아버지가 방문을 두드린 것이다. 다행히도 문고리는 잠겨있었다.

클라라는 쓰던 편지를 후다닥 옷장 속에 집어넣고는 태연하게 문을 열며 아버지를 맞았다.

"웬일이세요?"

"응……."

아버지는 뭔가를 눈치 챘는지 괜스레 호텔 방안을 두리번거리며 클라라를 살폈다.

두 사람은 지금 연주차 빈에 와 있는 것이다. 그래서 클라라는 라이프치히에 두고 온 로버트를 생각하며 편지를 쓰던 참이었다.

아버지 비이크 씨는 그런 낌새를 알아차렸는지 방안을 매의 눈으로 열심히 살피고 있었다.

"뭘 하고 있었어, 클라라?"

"뭐, 그냥……."

클라라는 시선을 피하며 얼렁뚱땅 얼버무렸다.

"너 또 로버튼가 뭔가 하는 건달 녀석에게 편지 썼지?"

"아, 아니에요, 아버지."

"그딴 녀석일랑 아예 생각하지도 말고 연주에 대한 것만 생각해! 열심히 피아노 치는 일만 생각해야 한다고!"

클라라의 아버지 비이크 씨는 어떻게 해서든 딸 클라라를 슈베르트나 쇼팽과 같은 훌륭한 피아니스트로 성공시켜보겠다는 야망을 가지고 있었다.

138

세계에서 가장 나이어린 피아노의 천재 클라라 비이크로—. 비이크는 샥소니의 가난한 농사꾼의 아들로 태어나, 벨덴베르그 대학에서 신학을 전공하고, 루터파의 목사로서 장래가 약속되어 있었다. 그런데도 그는 어린 시절부터 가졌던 음악에 대한 열정을 버리지 못하고, 그것을 딸 클라라에게서 이루려 했다. 이를테면 딸에게서 대리만족을 얻고자 했다.

그래서 그는 일찍이 모든 것을 팽개치고 음악의 도시 라이프치히로 청운의 뜻을 품고 들어왔다. 결국엔 일류 피아노 레슨 교사로 이름을 얻었다. 그는 자신의 뛰어난 교수법으로 딸을 교육시켜, 당시에는 희귀했던 여류 피아니스트를 만들어 악단에 내놓는 것이 꿈이었다.

이런 남편에게 지친 클라라의 어머니는 친정으로 돌아가 버렸다. 집안일은 온통 자기에게만 맡기고 클라라의 피아노 교육에만 매달려 있는 남편에게 질려버렸던 것이다.

어찌됐건 클라라는 아버지 손에 이끌려 연주 여행을 다녔고, 곳곳에서 호평과 박수갈채를 받았다. 여덟 살 소녀의 피아노 연주를 들은 사람들은 감탄을 하면서도 한편으로는 비이크 씨에게 이렇게 충고했다.

"보아하니 너무 가혹하게 연습을 시키는 모양인데, 따님이 너무 과로한 것 같군요. 아이 얼굴에 생기가 전혀 없어요. 어린아이는 아이답게 놀이를 즐기며 쉬기도 해야 됩니다."

그러나 그는 사람들의 충고를 이렇게 일축했다.

"클라라를 자세히 보시오. 저 애의 모습이 무엇을 말하고 있는지. 저 아이의 영혼은 하늘로부터 축복받은 빛나는 것이

오. 다른 아이들처럼 흙장난이나 할 아이가 아니오!"

아무튼 클라라의 연주 솜씨는 날로 발전하여, 아버지 비이크 씨의 눈엔 언제나 만족스런 광채가 번득였고, 가슴은 흐뭇함으로 가득 차 있었다. 그에 맞춰 음악 비평지에는 이런 기사가 실려 나오곤 했다.

'천재 소녀 클라라 비이크 양의 연주를 들은 것은 필자가 특히 기쁘게 여기는 바이다. 피아노 연주법에 대한 조예가 깊고, 이 방면에 대한 헌신적인 정열을 가진, 아버지의 교습을 받은 이 소녀의 앞날이 크게 기대된다.'

이런 딸이 칼즈 박사 저택에서 열린 음악회에서, 로버트라는 젊은 작곡가 녀석을 알고 나서부터는, 그 녀석에게 넋이 빠져 있으니 비이크 씨는 화가 날 수밖에 없었다.

독선적인 비이크 씨는 칼즈 박사가 청중에게 로버트 슈만을 소개할 때부터, 자존심 강한 이 녀석에게 적의를 느꼈다. 베토벤에 열광하고, 이목구비가 수려하고, 당당한 녀석이 괜히 싫었다.

로버트 슈만은 당시 열여덟 살로 김나지움(우리나라 학제로는 고등학교)을 졸업하고 라이프치히 대학 법학부에 재학 중이었다. 그는 어머니의 뜻에 따라 법대에 진학은 했으나, 법률학 강의는 한 번도 들은 적이 없었다. 그의 관심은 오로지 음악이었다. 그는 라이프치히 음악계에 관심을 갖고 자신의 마음을 위로하는 청년이었다.

"아버지!"

"그러니까 오늘은 이만하고 일찍 자라고!"

아버지는 문을 꽝 닫고 옆방으로 건너가 버렸다.

클라라는 로버트 슈만에 대한 그리움과 아버지에 대한 반발심과 피로와 외로움에 치를 떨었다. 그럴 때면 클라라는 아버지 몰래 숨겨가지고 다니던 슈만의 편지를 꺼내 읽곤 했다.

시대를 막론하고 사랑에 빠진 청춘들은 다 똑같은 모양이다. 결국 클라라는 슈만을 향한 지극하고도 갸륵한 사랑 때문에 끝내 아버지에게 돈 한 푼 못 받고 쫓겨나고 말았다.

맹목적인 어버이의 사랑은 격한 감정에 휩쓸리게 되면, 그토록 사랑하는 자식에게조차 끔찍하고 잔인한 행동을 나타내는 모양이다. 클라라의 아버지 비이크 씨는 이제 클라라는 물론 클라라가 접하는 사람들까지도 미워하기에 이르렀다. 슈만과 친분이 있는 로이타 박사가 다녀가기라도 하면, 계모에게 클라라의 소지품과 주머니까지 검사하게 했다. 혹시 슈만의 편지라도 전달하는 건 아닌가 하고.

비이크 씨는 또 자기 딸의 명성과 인기가 늘어가는 것조차도 괘씸하게 생각하기에 이르렀다. 그래서 어린 클라라가 연주하여 번 돈을 계모가 낳은 동생 앞으로 예금해버렸다.

마침내 클라라는 집을 떠나겠다고 선언했다. 그러자 비이크 씨는 딸에게 집을 나가 슈만에게 가려거든 피아노를 포함한 그녀의 소지품 전부를 돈으로 따져 배상하고 가라고 한술 더 떴다.

클라라는 기가 막혔다. 지나치게 차가운 아버지의 태도에 유순한 클라라도 거세게 반항하게 되었다. 이제는 아무런 주저도 않게 되었다.

그녀는 슈만에게 편지를 썼다.


모든 것을 저에게 맡겨 주세요 제가 잘 처리하겠어요 때가
되면 모든 것이 순조롭게 해결 될 것입니다. 당신을 따라서
저도 그곳으로 가겠어요 그렇게 하지 않으면 안 되게 되었어
요 아버지와 헤어지는 것은 괴로운 일이며, 모든 면에서 어
려움을 겪게 되겠지만 사랑은 저에게 용기를 주었어요 하느
님은 반드시 저를 용서하실 겁니다. 사랑이 시키는 일이니까
요


클라라의 입장에서는 참 기가 막힌 일이었다. 슈만이 어쨌
단 말인가! 슈만이 어떻다고 아버지는 그를 그렇게도 싫어
하신단 말인가?

그것은 물론 비이크 씨의 자식에 대한 지나친 관심과 기대
에서 비롯된 맹목적인 사랑 때문이었다. 아버지의 끊을 수
없는 욕망에서 야기된 병적인 집착이었다.

좌우지간 클라라는 아버지에게 작별을 고하고 집을 나갔다.
그러나 슈만이라는 청년은 합창단이나 관현악단을 조직해서
삽시간에 주위의 시선을 끌 수 있는 인물이 아니었다. 선천
적으로 그런 재능이나 수완을 가지고 태어난 사람이 아니었
다. 그가 가진 단 하나의 재능은 피아노곡을 작곡하는 것뿐
이었다.

142

 가난한 피아노 작곡가였다. 작곡가가 쉽게 인기를 끌 수 있는 방법은 자기가 작곡한 곡을 연주하는 것이다. 그런데 그는 오로지 작곡만 할 줄 아는 작곡가일 뿐 연주자는 아니었다. 그의 보잘 것 없는 재능은 희망에 부풀었던 클라라에게 실망만 안겨줬다.

 클라라는 로버트 슈만과의 결혼을 위해 파리나 런던 같은 큰 도시로 나가야겠다고 생각했다.

 그러나 비이크 씨는 딸에게 슈만을 단념하라고 했다. 단념하지 않으면 여행이고 뭐고 일체 허락지 않을 것이며, 집에다 가두어버리겠다고 을러댔다.

 그래도 클라라는 단호하게 슈만을 잊을 수 없다는 말과, 파리로 연주 여행을 떠날 테니 필요한 뒷바라지를 해달라는 말을 똑똑히 했다.

 비이크 씨는 딸에게 거절의 고개 짓을 했다. 갈 테면 혼자 가라는 것이었다. 비이크 씨의 마음은 '제까짓 게 돈이 없으면 별 수 없겠지. 설마하니……'싶었다. 슈만이 동행하지만 않는다면 쉽게 돌아오리라 생각했다. 설사 혼자 가더라도 먼 여행길이 힘들고 외로워서 아버지인 자신에게로 돌아올 것이라 짐작했다.

 그러나 두 사람의 서로에 대한 생각은 모두 완전히 빗나가고 말았다. 아버지는 결코 딸을 따라가지 않았고, 딸은 아버지의 품으로 돌아오지 않았던 것이다.

 용감하게도 클라라는 아버지에게 파리 연주회의 장소와 날짜를 적어 보냈다.

약이 오를 대로 오른 비이크 씨는 이제는 펄펄 뛰었다. 만약 클라라가 슈만을 단념하지 않는다면 그녀가 이제까지 모은 재산도 주지 않을 것이며, 두 사람을 고소하겠다고 까지 했다.

한편 파리에서의 클라라의 연주회는 성공을 거두었다. 그러나 이것저것 떼고 나니 수중에 한 푼도 남지 않았다. 클라라는 자존심을 굽혀가며 아버지께 마지막 애원의 편지를 썼다. 말하자면 협상이었다.

아버지!

저는 아버지의 사랑하는 딸 클라라입니다. 진지하게 들어주십시오. 아버지는 우리들의 행복을 바라지 않으시는지요? 제 마음은 슈만에 대한 사랑으로 가득 차 있습니다. 아버지는 제 사랑을 부수어 버리시겠습니까? 아버지는 제가 버릇없고, 배은망덕한 자식이라고 생각하시지만 그것은 오해입니다. 아버지는 저에게 비난과 악담을 퍼부으시지만 아버지에 대한 저의 애정은 지금까지도 변함이 없습니다. 아버지를 떠나온 일, 또 아버지를 모시고 함께 지낼 수 없는 일 등을 생각하며, 저는 타국에서 자주 눈물을 흘리곤 한답니다.

아버지!

슈만에 대해 아주 약간의 애정만 가지신다면, 그가 결코 나쁜 사람이 아니라는 걸 알게 될 것입니다.

그는 좋은 사람이에요 저 못지않게 음악을 사랑하는 착한 사람입니다.

**아버지! 그와의 결혼을 허락해 주시고 저를 도와주십시오**

그러나 비이크 씨의 회답은 '슈만이 당장 이천 타아라의 수입을 보장해 줄 수 있다면 결혼을 승낙하고, 그렇지 못하다면 소송을 제기하겠다.'는 것이었다.

평화적인 방법으로 문제를 해결해보려던 클라라에게 아버지의 처사는 너무 가혹했다. 원만한 해결은 요원한 일인 듯했다.

아버지의 이런 처사를 이야기들은 슈만은 화가 났다. 어린 딸에게 그럴 수는 없는 일이었다.

두 사람은 마지막으로 아버지께 편지를 보냈다. 아니, 두 통이었다. 하나는 비이크 씨에게 결혼을 승낙해줄 것을 바라는 것이었고, 다른 하나는 비이크 씨가 거절할 경우, 클라라가 모은 재산을 돌려달라는 정식 고소장이었다.

그러나 비이크 씨는 끝내 거절했다. 결국 클라라는 아버지의 고집에 진저리를 치며, 소송을 제기하기에 이르렀다.

설마 딸자식이 아버지를 고소하랴 싶었던 비이크 씨는 얼마나 당황스럽고 노여웠을까? 또 사랑을 위해 아버지와 법정투쟁까지 해야 하는 클라라의 마음은 얼마나 쓰라렸을까?

그러나 비이크 씨의 슈만에 대한 무서운 증오심과 몰상식한 요구는 클라라의 마음을 아주 짓이겨놓고 말았다.

비이크 씨는, 날씨가 추워져 클라라가 외투를 가지러 집으로 가자, 그대로 내쫓고 말았다. 외투 값을 지불하라고 했다. 비이크 씨의 고집은 꺾을 수 없었다. 인간의 증오심이란 참으로 대단한 것인가 보다.

재판은 물론 클라라가 승소했다. 클라라는 열두 살부터 열아홉 살 때까지 연주를 해서 번 돈과 피아노를 비롯한 소지품 전부를 돌려받았다. 그리고 슈만과 결혼했다.

결혼을 하고서도 클라라는 아버지의 마음을 돌려보려고 온갖 애를 썼다. 그러나 이 고집불통인 영감은 좀체 슈만에 대한 증오심을 풀려하지 않았다. 비이크 씨와 슈만이 화해를 한 것은 결혼 후 무려 4년이라는 시간이 흐르고 나서였다.

비이크 씨의 돌처럼 굳은 마음에도 클라라의 진정은 통했던 모양이다. 드디어 이 옹고집 영감이 사위에게 이런 편지를 냈다고 한다.

우리는 클라라와 세상에 대항하며 더 이상 버려서는 안 되겠네. 자네의 예술에 대한 순수한 열정과 사랑에 감탄했네. 내 마음을 이해하고 믿어주게. 자네의 방문을 기쁨으로 기다리겠네. 드레스덴의 연주회에 오거든 우리 집에 머물러 주게.

그들이 슈만의 작품 '낙원과 요마'를 상연하기 위해 드레스덴에 왔을 때, 비이크 씨는 달려가 외손녀를 얼싸안았다. 비록 결혼은 그토록 반대했지만 천륜이라는 부녀의 정은 무엇도 끊을 수 없는 것이었던가 보다.

# 새장 안의 새, 하늘이 그립다.

소동파의 시에
'새는 잡혀도
나는 것을 잊지 않고,
말은 매여 있어도
항상 달릴 것을 생각한다.'하였다.
즉 자유를 원한다는 뜻이다.

나이팅게일은
황금의 새장 안에 있어도,
'제 집이 그립다'고 소리친다.

A nightingale was put in a golden cage, 'Oh for my home' she said.

147

# 마리안 앤더슨

1902년 미국 필라델피아 출생
1923년 21세 필라델피아 콩쿠르 입상
1925년 23세 뉴욕 콩쿠르 1위 입상
1927년 25세 유럽 여행. 절찬 받음. 마리안 선풍 일으킴
1941년 39세 앤더슨 상 제정
1953년 51세 첫 번째 내한공연
1957년 55세 두 번째 내한공연

# 인종차별 이긴
# 흑인영가의 대모

"마리안! 교장실로 와요!"

담당 선생이 마리안을 향해 이 한마디를 던지고 교실을 나가버렸다. 이런저런 설명이 전혀 없었다. 영문도 모르는 호출이었다. 학생이 누구에겐가 불려 간다는 건 결코 명예스러운 일이 아니었다. 그것이 교장이든 일반교사든 간에. 대개의 호출은 학생이 교칙을 위반했거나, 학생답지 못한 실수를 했거나, 실력이 형편없든지 할 때 있는 것이기 때문이다.

"왜 부르실까? 왜 나를 야단치시려는 거지? 난 아무 잘못도 없는데……. 그것도 교장실로……."

마리안은 지레 겁을 먹고 덜덜 떨면서 교장실로 들어갔다.

교장실에는 학교를 참관하러 오신 손님들 중의 대표이신

로라 박사가 교장 선생님과 담소를 나누고 있었다.

"저를 부르셨습니까, 교장 선생님?"

"오, 그래. 이리 들어와요!"

교장 선생님의 말씨는 의외로 부드러웠다. 마리안은 얌전하게 고개를 숙여 목례를 하고 교장 선생님 앞에 섰다. 그때 로라 박사가 교장에게 이런 이야기를 했다.

"오, 맞습니다. 이 소녀입니다. 교장 선생님! 난 이 소녀가 속기나 타이프를 공부해야할 이유를 모르겠군요. 이 소녀는 대학 입시 과정을 마친 후 되도록이면 음악을 전공할 수 있도록 힘써 주셔야 되겠습니다."

마리안은 고개를 번쩍 들었다. 그리고 로라 박사를 쳐다보았다.

마리안은 이 학교를 참관하러 오신 손님들 앞에 나가 독창을 했던 것이다. 학교 졸업 후 여느 학생들처럼 기업체에 들어가 타이프라이터를 두드리는 평범한 여사원이 될 게 뻔했던 마리안이었다. 마리안은 이 일을 계기로 음악에 대한 부푼 꿈을 지니게 되었다.

그녀가 불과 열 살 때의 일이었다. 교회 어린이 합창 단원 시절의 일이다. 그때도 '여러분! 열 살 난 이 소녀의 노래를 들으러 오십시오.'하고 교회에서 선전을 할 만큼 그녀의 노래 실력은 대단했다. 그러나 마리안은 어릴 적부터 성악가보다는 의사가 되는 것이 꿈이었다. 외과의가 되어 정형외과 수술을 멋지게 해보는 것이 소망이었다.

마리안에게 노래를 부르는 것 자체는 조금도 어려운 일이 아니었다. 그러나 인기 가수가 되고 싶은 마음은 털끝만치도 없었다.

그런데 로라 박사의 한마디는 마리안의 가슴에 새로운 꿈의 씨앗이 되었다.

마리안이 교회에서 독창을 하는 것은 물론이었고, 교회 밖에서까지도 그녀의 노래를 듣고 싶어 하는 사람은 많았다. 그녀의 노래를 한 번이라도 들은 적이 있는 사람은 교회 목사나 합창단 지휘자에게 여고생 마리안 앤더슨의 노래를 듣고 싶다고 부탁할 정도였다. 아직 고등학교 재학 중인 학생의 신분으로 이미 초청 가수가 되었던 것이다.

그렇게 성악에 대한 뿌리를 내리고, 입지를 다져가고 있을 즈음, 마리안의 자질과 재능에 관심 있는 한 독지가가 필라델피아의 유명한 음악학교를 알려주었다. 만류하는 어른들의 손을 뿌리치고 마리안은 그 학교에 지원했다.

접수를 마감하는 날이었다. 마리안도 응시자들 틈에 끼어 차례를 기다렸다. 접수창구에는 얼굴이 하얗고 예쁜 소녀가 앉아서 응시자들의 질문에 친절히 답하며 원서 쓰는 방법을 일러주고 있었다.

그런데 마리안의 차례가 왔을 때였다. 그녀는 마리안을 흘깃 보더니 아예 없는 사람처럼 무시해버렸다. 그리곤 마리아의 뒤에 선 백인 학생의 원서를 받는 것이었다.

마리안은 맨 뒤로 밀려나 마지막 지원자가 접수를 마칠 때까지 기다려야 했다. 어느새 해는 뉘엿뉘엿 넘어가고 있었다.

이윽고 모든 응시자들의 접수를 끝내고 마지막으로 혼자 남은 마리안에게 백인 소녀는 이렇게 말했다.

"넌 무슨 일로 왔지?"

"무슨 일로 오다니! 뻔히 알면서도 묻다니……."

마리안은 끓어오르는 분노와 굴욕감을 삭이며 애써 부드럽게 말했다.

"성악과에 입학 원서를 접수하러 왔어요."

그러자 그녀는 얼음보다 더 차가운 눈초리로 마리안의 위아래를 훑어보았다. 그리곤 한참이 지나서야 다시 말했다.

"우리 학교에서는 유색인은 뽑지 않아, 이 깜둥이야!"

마리안은 한 마디 대꾸도 못하고 그녀를 물끄러미 바라보았다.

백년에 한 번 나올까 말까한 천상의 목소리를 가진 흑인영가의 대모 마리안 앤더슨은 훗날 이때의 쓰라린 기억을 이렇게 회상했다.

나는 내가 흑인이라는 그 자체보다도, 그 아름다운 소녀의 입에서 그런 말이 거침없이 튀어나왔다는 것에 더 큰 충격을 받았어요. 그녀가 심술 사나운 늙은 할망구처럼 생겼다면 그렇게까지 놀라지는 않았을 겁니다. 나는 지금도 그녀의 말과 함께, 그녀의 아름다움, 그리고 그 학교가 음악예술 학교였다는 걸 기억해요. 음악의 아름다움에 묻혀 있으면서, 그 아름다운 음악을 공부하는 곳인데……. 그 아름다움을 도저히 이해할 수 없는 세계라는 것이 몸서리쳐질 만큼 가슴 아팠어요. 물론 내 피부색은 그들과 다르지만 그 밑에 흐르는 예술 정신은 다 같은 것 아니겠어요? 나는 아무 말도 않고 또박또박 걸어 나왔지요.

그 일로 마리안은 한동안 음악에 대한 모든 일들을 잊고자 했다. 음악에 관한 이야기라면 아예 입 밖에 내는 것조차 싫었다. 유색인에 대한 차별을 당연시하는 백인들에 대한 혐오가 음악 자체의 이미지에 먹물을 끼얹게 만들었던 것이다. 순간 마리안은 머리를 세차게 흔들었다. 음악이고 학교고 다 싫었다.

그러나 세상은 천재를 그냥 내버려두지 않았다. 다시 고등학교 때의 교장이었던 루시 윌슨 박사의 설득과 주선으로 성악 선생을 소개받았다. 윌슨 박사와 당시 평판이 높던 성악 선생 보게티와는 면식이 있는 친구사이였다.
그러나 보게티 선생은 웬일인지 첫 대면부터 별로 좋지 않았다. 불친절한 것은 아니었다. 그렇지만 한마디로 표현하자면 멸시하는 투였다. 도저히 가까이 할 수 없는 사람 같았다. 가까스로 음악으로 마음을 돌린 마리안은 또 벽에 부딪혔다.
"난 몹시 바쁘단 말이야. 더 이상 학생을 받을 수가 없어요. 아무튼 왔으니까 노래나 한 번 불러보고 가라고. 내가 귀한 시간을 내서 학생의 노래를 들어주는 것은 학생 때문이 아니라 내 친구의 체면을 봐서 들어주는 거라고."

마리안은 자리를 박차고 나오고 싶었지만 모욕적인 순간을 잘 참아냈다. 어쩌면 오기였는지도 모른다. '당신도 필라델피아의 음악학교의 원서접수 담당자와 다를 바가 없군요. 당신은 당신 친구의 체면을 생각해서 노래를 들으세요. 난 당신 친구의 체면을 생각해서 노래를 부르지요.'라고 마리안은 중얼거리며 '깊은 강'을 부르기 시작했다.

노래를 부르는 마리안은 혼자였다. 그녀는 혼자 서서 노래를 불렀다. 그렇게 고독해보기는 처음이었다. 마리안은 노래를 하면서 단 한 번도 선생의 얼굴에 눈길을 주지 않았다. 물론 노래를 다 부르고나서도 허공만 바라보았다. 마리안이 그녀에게 눈길 한 번 주지 않고 돌아서서 나오려는 참이었다. 갑자기 누군가의 웃음소리가 들려왔다.

"하하하, 됐어, 됐다고! 그만하면 됐어요. 너를 위해서 내가 특별히 시간을 내기로 하지. 나한테서 2년만 배우라고. 그러면 너는 아무데 가서나 누구하고라도 노래할 수 있을 거야."

너무나 뜻밖의 말이었다. 마리안은 그제야 비로소 그 선생의 얼굴을 쳐다보았다. 선생의 입에서는 '됐어, 됐어.'하는 말이 연발되었다.

이렇게 해서 마리안의 앞날에 새로운 길이 열리기 시작했다. '천재는 반드시 자기 자신의 자각과 동시에 그 천재성을 발견해주는 사람이 있는 법'이라고 한다.

갯벌 속 깊숙이 묻혀있던 마리안이라는 보석을 로라 박사와 이 보게티 성악 선생이 캐내 준 셈이다.

보게티 선생 밑에서 시작한 첫 연습은 고르지 못한 음계의 조절이었다. 보게티 선생은 마리안이 처음 '깊은 강'을 노래할 때부터 결점을 체크하고 있었다.

그런데 문제가 생겼다. 레슨비를 낼 돈이 없었다. 말하자면 가난한데다 돈을 벌 능력이 없었던 것이다.

레슨비를 마련하기 위해 마리안은 이웃 교회를 빌려 음악회를 열었다. 이 음악회에서 돈을 600달러 이상 모았다. 이젠 떳떳하게 보게티 선생에게 배울 수 있게 되었다.

보게티 선생에게 배운 최대의 성과는 필라델피아 콩쿠르의 입상이었다. 필라델피아 콩쿠르는 매년 1회 1명을 뽑는 저력 있는 대회다. 마리안은 거기서 흑인으로서는 최초로 입상했다.

그로부터 2년 후 보게티 선생은 마리안을 뉴욕의 콩쿠르에 내놓았다. 보게티 선생은 망설이는 마리안을 격려하고 위로하면서 경쟁심을 북돋아 주었다. 두 사람은 뉴욕 음악 콩쿠르를 대비해 분주히 움직였다.

드디어 대회 날, 두 사람은 기차를 타고 뉴욕으로 향했다. 진정한 음악 예술가로 인정받느냐, 못 받느냐하는 긴박한 시간들이었다. 콩쿠르 대회장인 에오리안 홀은 출연자와 선생들과 반주자들로 북새통이었다. 300명은 훨씬 넘는 숫자였다.

이렇게 많은 경쟁자들을 보고 마리안은 지레 겁을 먹었다. 그렇게 겁을 먹고 벌벌 떠는 마리안에게 보게티 선생은 작은 소리로 속삭였다.

"겁낼 것 없어. 어떤 일이 있어도 노래는 끝까지 불러야 해. 무대를 퇴장하라는 종소리가 들려도 모른 척 시치미 떼고 끝까지 불러, 알았지?"

마리안은 그러겠다고 대답은 했으나 대회 규칙을 무시할 수는 없으리라는 생각이 들었다. 많은 응시자들이 '오, 나의 페르디난도여!'를 부르다가 반도 못 부르고 중지당하는 것을 보고 마리안은 '나도 저 엄숙한 종소리가 들리면 퇴장해버려야지'하고 생각했다.

드디어 마리안의 차례가 왔다.

노래를 시작해 아리아의 본 곡으로 들어감에 따라 마리안에게는 운명의 종소리에 대한 두려움이 점점 커져갔다. 두려움은 공포가 되어 마리안을 엄습하기 시작했다. 그러나 종은 끝내 울리지 않았다. 마리안은 노래를 끝까지 불렀다. 회장 안에서는 박수 소리가 일제히 터져 나왔다. 지금까지 전 곡을 끝까지 다 부른 응시자는 단 한 사람도 없었기 때문이었다.

그때 심사원 중의 한 사람이 말했다.

"다른 노래를 한 번 불러 보시오."

마리안은 준비해온 노래를 한 곡 더 불렀다. 결과는 예상대로였다. 준결승을 마치고나자 보게티 선생은 그녀를 얼싸 안았다.

"마리안, 성공이야! 우승했어. 결승도 필요 없게 되었어."

드디어 노래를 할 수 있는 길이 열린 것이다. 출세가 보장되었다. 찬란한 미래가 열리기 시작한 것이다. 마리안은 곧 죤슨 성가대의 독창자로 카네기 홀에 섰고, 청중들의 열렬한 환호를 받았다. 공연은 대성공을 거두었다.

이제 더 이상 그녀에게 '너는 피부가 검어서 안 돼!'라고 말하는 사람은 아무도 없었다.

# 관포지교(管鮑之交)

관포(管鮑)는 관중(管仲)과 포숙(鮑叔)의 이름을 각각의 윗글자만 딴 것이다. 이 두 사람은 출세 전에 몹시 가난하게 지내던 시절이 있었는데, 그들의 *우정은 항상 서로 돈독했고, 죽을 때까지 변함이 없었다.* 관중은 춘추시대의 정치가이며, 포숙은 천거로 제(齊)나라의 환공(桓公)밑에서 재상이 되었는데, 명관으로 이름을 떨쳤다.

두보(杜甫)의 빈교행(貧交行)이란 시에 '손을 뒤집으면 구름이 되고, 손을 엎으면 비가 되고, 어지러운 경박한 치들이야 무엇에 쓸 것인가. 그대 보지 못하는가, *관중의 가난할 때 포숙과의 우정의 교류를.* 이 길을 지금 사람은 버리고, 흙과 같이 여기더라.'하였다.

# 그 사람을 모르거든,
## 친구를 보라.

사기(史記) 풍당전(馮唐傳)나오는 말로,
사람은 자기 레벨의 사람들과 사귀게 되
므로, 친구가 거울이 된다는 뜻이다.

네가 늘 사귀는 친구를 말하라.
그러면
네가 어떤 사람이라는 걸 맞출 테니.
Tell me the company you keep and I
will tell you what you are.

# 로트렉 몽파

1864년 프랑스 알비 출생
1878년 14세 양 다리 골절로 불구가 됨
1882년 18세 여러 화가들에게 사사받음
1885년 21세 창녀를 모델로 '숙취'를 그려 인정받음
1901년 37세 말로메 성관에서 사망

# 다리병신 난쟁이 화가

까마귀 부리가 달린 지팡이를 짚고 뒤뚱거리며 간신히 걸음을 옮기는 사나이. 보통 사람의 가슴에 겨우 닿을 정도로 조그마한 난장이. 몽마르트의 환락가를 헤집고 다니는 부랑아. 이 묘사의 주인공은 로트렉이다.

로트렉의 열여덟 살 때의 키는 152센티미터였고, 그 이후로 1밀리미터도 더 자라지 않았다. 그는 그래서 미치게 좋아하는 스포츠를 즐길 수 없었다. 그는 그런 사실을 남몰래 슬퍼하곤 했다. 경마나 수영 같은 운동경기, 즉 남들이 모두 할 수 있는 일을 자기만은 할 수 없음을 안타까워했다.

그가 만일 다리가 짧은 불구의 몸이 아니었다면 로트렉이라는 화가는 태어나지 않았을지도 모른다. 정상적인 육체를 가졌었다면 그는 아마 스포츠에 열중하느라 화가의 길에 들어서지 조차 않았을 것이다. 설령 선천적인 자질과 재능이 있어 화가가 되었다 할지라도 그는 그저 취미삼아 그림을 그리는 일반인에 지나지 않았을 것이다.

그 자신도 이렇게 말했다.

"내가 그림을 그리게 된 것은 사소한 우연 때문이었다. 내 다리가 조금만 더 길었더라면 나는 결코 화가 따위는 되지 않았을 것이다."

그럼 로트렉은 선천적인 난장이였을까? 태생부터 기형아였을까? 아니면 왜 그런 불구의 몸이 되었을까?

그것은 아니었다. 선천적인 기형이 아니었다. 로트렉의 키가 작은 것은 소년 시절에 입은 골절상 때문이었다. 한창 클 나이에 그는 두 다리가 부러지고 말았다.

그는 혈통 좋은 명문가의 외아들이었다. 명문귀족의 자제답게 생김새가 고상하고 품행이 의젓했다. 어렸을 적엔 쁘띠 비쥬 즉 작은 보석이라는 애칭으로 불릴 만큼 멋진 녀석이었다. 그는 온 집안의 사랑과 인기를 독차지했다.

그런 그가 다리병신이 되어버린 것이다.

그것은 열네 살 때의 일이었다.

알비에 위치한 로트렉 일가의 저택. 오텔뒤보스크에서 소년 로트렉의 왼쪽 다리가 부러지고 말았다. 사건은 거실에서 단란하게 이야기를 나누고 있던 가족들 앞에서 일어났다. 로트렉이 걸터앉아 있던 의자 밑에 빗자루가 있었다. 그 빗자루에 발이 걸려 넘어지는 바람에 이런 기막힌 사고가 일어나고 말았다. 정말 어처구니없는 참변이요, 기막힌 사건이었다.

골절상이야 그 또래의 개구쟁이들에겐 흔히 있을 수 있는 일이고, 치료도 뼈를 잘 맞추어 제대로 붙게만 하면 되는 것이다. 그런데 로트렉의 다리는 몇 달이 지나도 쾌차는커녕 차도조차 보이지 않았다.

다리가 완쾌되기만 바라며, 답답한 나날을 보내고 있던 어느 날, 어머니와 함께 다리를 절룩거리며 바레쉬 근처를 산책하던 중에 또 사고가 나고 말았다.

산책 도중 길가의 도랑에 빠져 로트렉은 오른쪽 다리마저 부러져 버렸다.

온갖 수단과 방법을 동원하여 치료를 했지만 성과를 보지 못했다. 아쉽게도 이때부터 로트렉의 하반신은 성장을 멈추어버렸다.

요즘 같으면 의학기술과 장비의 발달로 치료부위와 방법을 쉽게 찾을 수 있었겠지만, 그 때는 아직 원인규명이 쉽지 않았던 듯하다.

열 살도 넘은 소년이 거실 바닥에 넘어졌다고 다리가 부러지고, 몇 자 되지도 않는 개울에 떨어졌다고 또 부러지고 성장마저 멈출 수 있을까?

여기에는 구구한 억측들이 많은데 그 중의 하나가 근친상간이라는 것이다. 즉 로트렉의 어머니와 아버지는 사촌지간이었다. 근친혼은 유전적으로 바보나 기형 같은 비정상적인 자손을 낳게 한다는 말은 들었지만, 확실하게 의학적인 근거가 밝혀진 건 아니다. 그러나 일부 의학자들의 주장은 로트렉의 허약체질은 부모가 근친이었던 탓이라고 한다. 근친혼을 하면 후손들이 비정상적인 인간이 된다는 세간의 설에서 비롯된 구설에 지나지 않을지도 모른다.

어쨌거나 이 일을 계기로 로트렉은 기형아가 되었고, 스포츠와 승마로부터 멀어졌다. 그리고 그림을 그리는 데서 유일한 위안을 찾았다.

이 무렵까지도 아버지는 로트렉에게 상당한 기대를 걸고 있었다. 그러나 가능성이 줄어들고 희망이 보이지 않자 아버지는 실망하여 아들을 관심 밖에다 두고 전혀 돌보지 않게 되었다. 로트렉의 입장에서는 완전히 의절당한 것이다.

아버지의 의절은 어떤 의미에서는 불행 중 다행이기도 하였다. 왜냐하면 아버지의 속박 없이 그 나름의 예술세계에 전념할 수 있었기 때문이다.

그림과 가까워지면서 그는 슬슬 몽마르트의 환락을 탐닉하기 시작했다.

"여보, 어떻게 하지요? 저 아이가 점점 나쁜 길로 빠지고 있어요."

"내버려 둬! 신경 쓰지 말란 말이야! 그깟 병신자식 제멋대로 하라고 내버려두란 말이야!"

"여보, 그래도 그 애는 하나밖에 없는 우리 자식이에요."

"나하곤 상관없어! 그 따위 자식 필요 없단 말이야!"

"당신은 어떻게 그럴 수가 있어요?"

집안은 로트렉으로 인하여 불화가 끊일 날이 없었다. 이렇게 아버지의 비난과 경멸을 받으며 로트렉은 변해갔다. 쁘띠 비쥬, 작은 보석, 어린 시절의 반짝거리고 아름답던 모습은 그에게서 찾아볼 라야 찾을 수가 없었다.

로트렉의 어머니는 아들의 건강과 장래를 걱정하며 세월을 보냈다.

"모든 게 내 죄로구나, 내 죄야!"

그의 어머니에게 죄가 있다면 사촌 오빠에게 시집간 죄밖에 더 있겠는가!

그러나 아버지는 이런 아들을 가문의 수치라 하여 항상 못마땅하게 여겼다. 그래서 아들이 그림에 본명으로 서명하는 것조차 허락하지 않았다. 로트렉 몽파의 본명은 레이몽 드 툴루즈였다.

이런 상황 아래서 로트렉의 일상은 뎃상을 하거나, 몽마르트의 사창가에 드나들거나, 술을 마시는 게 전부였다. 그런 그의 삶은 자신의 육체에서 비롯된 정신적 핸디캡을 그런 것들로라도 잊어보려는 몸부림이었을까? 한때는 그림에만 몰두하려고 코르몽의 아틀리에에 적을 두기도 했다. 그러나 처음의 잠깐 동안만 제대로 다녔을 뿐, 실제적인 그의 아틀리에는 몽마르트의 거리였다.

그는 창녀들의 세계를 찬미하고, 그네들의 충동적인 말과 행동과 어리석음에 감탄하고 그네들의 천진난만한 성격을 좋아했다. 그는 논리적이고, 이지적이고 지성적인 것들을 별로 달가워하지 않았다. 아주 철딱서니 없고 단순한 창녀들을 몹시 좋아했다. 그녀들은 로트렉을 옷걸이라고 놀려대기 일쑤였다. 그러나 이 몽마르트의 명물, 우습고 맹랑하기 짝이 없는 꼬마, 우화적인 사나이는 상관하지 않았다.

　덕분에 그는 성병에 걸리고 말았다. 또 덕분에 창녀의 화가, 사창가의 화가라는 명예스럽지 못한 딱지를 붙이고 다녔다. 눈에 보이고 접촉하는 것이 창녀밖에 없으니 그의 그림도 자연히 창녀의 세계에 귀착될 수밖에 없었다.

　게다가 술을 어찌나 퍼마셨는지 스무 살도 채 되지 않아 알코올 중독이 되어버렸다. 그의 가계에는 전혀 없었던 후천적인 중독이었다. 어머니가 술을 못 먹도록 감시하면, 로트렉은 어머니의 눈을 피해 몰래 마셨다. 산책용 지팡이 속에 럼주나 브랜디를 감추어두고서.

　그의 청춘은 술과 창녀와 그림이 삼위일체가 되어 수놓아졌다.

　창녀와 술, 성병과 음주벽은 그의 인생을 갉아먹은 독소이면서, 동시에 그의 회화세계를 형성하게 해 준 예술의 진원지이기도 하다.

　그가 성년이 된 어느 날, 로트렉의 친구 하나가 그의 아틀리에를 찾아갔다. 로트렉은 마침 외출하려는 참이었다.

　"나랑 같이 가세. 자네도 같이 가잔 말일세. 지팡이하고 모자를 들게."

　"어디를 가려는가?"

　"어디든 상관 말고 따라만 오게. 그녀를 만나러 가세."

　"그녀가 누군가?"

　"아무 소리 말고 따라만 와!"

　지팡이와 모자를 든 친구는 궁금하고 아무래도 마음에 걸려 누구냐고 자꾸 물었다. 그랬더니 그는 의미심장하게 손가락을 입에 대고 '쉿!' 하는 것이었다. 친구는 더 이상 물을 수가 없었다. 로트렉의 동동거리는 걸음을 따라 그 친구도 종종걸음 치며 미궁처럼 깊고 깊은 몽마르트의 골목을 걸어 갔다.

이따금 로트렉은 친구를 돌아다보며 수수께끼 같은 말을 중얼거리곤 했다.

"후후후, 이건 완전한 미스터리야. 암 미스터리지!"

도대체 로트렉은 그의 친구를 어디로 끌고 가는 것이란 말인가!

20분가량 몽마르트의 뒷골목을 헤맨 로트렉은 구멍가게에 들러 과자 나부랭이를 산 다음, '두에' 가의 고리타분하고 너절한 창녀집의 현관으로 빨려들 듯 들어갔다. 친구는 생각했다. '그럼 그렇지, 자네가 가봐야 창녀집밖에 더 있겠나!'

로트렉은 짤막한 지팡이에 몸을 기대고 자칫 미끄러지기 쉬운 난간을 잡으며 간신히 어두컴컴한 계단을 올라갔다. 꼭대기까지 올라간 그는 멈춰 서서 숨을 돌리더니 친구를 돌아보며 말했다.

"지금 내가 만나려는 여자가 누군지 자세히 보게. 그녀는 이 나라 대통령 루베보다 더 유명하다네."

그 말을 들으니 그 친구도 약간 호기심이 이는 것 같았다. 도대체 누구를 만나려는 거지? 그녀는 도대체 누구 길래 대통령보다 더 유명하단 말인가? 그리고 또 왜 이 허름한 창녀촌에 살고 있단 말인가?

이윽고 조그마한 문이 열리고 안에서 한 노파가 나와 그들을 맞았다.

친구는 깜짝 놀랐다. 그녀는 바로 올랭피아였던 것이다. 유명한 마네의 그림 '올랭피아'의 모델이었던 것이다.

그는 그렇게 죽을 때까지 술과 창녀와의 인연을 끊지 못했다. 창녀와 술만 즐기다가 로트렉은 물렝가의 어느 창녀 집에서 졸도하기에 이르렀다. 졸도는 드디어 찾아온 죽음의 예행연습이었다.

입놀림이 고약한 저널리즘은 그것을 놓칠세라 여기저기서 떠들어댔다.

그는 그런 비난과 조소를 온 몸에 받으며 기이하고 한 많은 서른일곱의 생을 마쳤다.

그가 만약 비록 불구의 몸일지라도 소년시절을 조금만 더 절제하고 살았더라면 어땠을까? 그랬더라면 그의 회화세계는 어떻게 되었을까? 지금보다 인류의 문화에 훨씬 더 크게 기여하지 않았을까?

왜냐하면 그는 성병으로 그 젊은 나이에 자신의 생을 무덤 속으로 던져버린 것이나 다름없으니까!

# 둘은 혼자보다 낫다.

사람은 혼자면 고독하고, 둘이 있으면 서로 도움이 된다는 뜻이다.

둘은 혼자보다 낫다. 넘어질 때 한 사람은 그 친구를 부축하여 일으켜 줄 것이다. 그러나 혼자서 넘어지는 자는 가엾다. 이를 부축하여 일으켜 줄 사람이 없으니 말이다. 또, 둘이 자면 따뜻하다. 혼자 잔다면 어찌 따뜻할 것인가. 남이 싸우려고 그 한 사람을 공격한다면, 둘이 힘을 합쳐 막아낼 것이로다.

구약성서, 전도서 4장

# 파울 클레

1879년 스위스의 뮌헨 부프제 출생
1900년 21세 뮌헨 미술학교 입학
1906년 27세 뮌헨 시세이션 전람회에 동판화를 출품
　　　　　　했으나 거절당함
1910년 31세 첫 개인전
1920년 41세 350여 점의 그림을 출품한 개인전을 염
1940년 61세 스위스에서 사망

# 춘화 그리려고 자퇴한
# 불량학생

학교가 끝난 후 곧장 집으로 돌아온 클레는 어머니의 방으로 통하는 복도 쪽의 출입문은 닫아놓고, 대신 남쪽 유리창을 열었다. 따뜻한 봄날이었다. 바람이 살랑거리며 열어놓은 창을 넘어 들어와 그의 뺨을 간질였다. 청량한 날씨였다. 창가에 드리워진 녹색 커튼도 가볍게 팔락거리는 아주 평화로운 오후였다.

어젯밤에 그리다가 만 스케치북을 꺼냈다. 그리다만 그림은 아주 야한 춘화(春畵)였다.

그때 문을 노크하는 소리가 났다. 그는 황급히 화구를 감추려고 일어섰다. 어머니께 들키면 그야말로 입장이 곤란해지기 때문이었다. 그러나 그가 그리던 그림을 미처 치우기도 전에 문을 열렸다. 어머니는 무척 의심스런 눈길을 마주하며 당황해하는 그에게 다가와 물었다.

"뭐 하는 거니, 파울?"

"아무 것도 아니에요, 어머니."

"그림 그렸구나. 어디 좀 보자."

"아니에요."

"뭘 그리다 감추는 거야? 좀 보자고!"

"싫어요!"

"엄마가 보자는데 왜 자꾸 감춰?"

"……."

"이리 내 봐!"

어머니는 단호한 명령을 내렸고, 클레는 어쩔 수 없이 그리던 그림을 어머니 앞에 내놓았다. 여자 나체 캐리커처였다.

어머니는 기겁을 했다.

"아니, 이게 뭐야!"

어머니는 나체 그림이라고 해서 무조건 멸시할 만큼 그림에 대해 문외한은 아니었다. 그러나 지금 보고 있는 클레의 그림은 너무 도가 지나쳐 아연실색하고 말았던 것이다. 자기가 사랑하는 아들이 이렇게 엉큼한 그림이나 끼적거리고 있었다는 사실이 너무 놀라웠기 때문이었다.

어머니는 음악가를 꿈꾸던 여자였다. 그만치 매우 섬세하고 예민한 감성을 소유했다. 거기다가 그녀는 병적일 만큼 도덕을 중시했다. 말하자면 결벽증에 가까웠다.

그녀는 아들이 그린 그림의 구도나 세련미 따위를 찾아 재능을 인정하려들기보다는 춘화를 그리고 있었다는 사실만을 몹시 경멸했다.

그녀는 아들이 그저 아버지와 어머니, 그리고 그들을 알고 있는 사람들이 바라는 대로 순수하고 순결하고 훌륭한 음악가가 되기를 바랐다. 바이올리니스트가 되기를 소망하였다. 그는 그만큼 음악에 재능을 가진 소년이었다.

사실 클레는 자신이 화가가 되리라고는 꿈에도 생각지 않았다. 부모님들은 물론 주위 사람들도 그가 화가가 되리라고는 전혀 생각지 않았다.

그의 아버지는 스위스의 베른 주립 사범학교의 음악선생이었다. 그래서 그는 서너 살 때부터 아버지께 바이올린 레슨을 받았다. 그의 음악적인 재능은 몹시 뛰어났다. 그를 지도하는 아버지는 물론 주위 사람들까지도 깜짝 놀라게 할 정도였다.

클레는 열한 살 때부터 베른 시 관현악단원이 되었고, 사람들은 장차 훌륭한 음악가가 될 거라 예견하였다.

그런 그가 방구석에 처박혀 음흉한 그림이나 그리고 있으니, 어머니는 기가 막힐 수밖에 없었다. 가까스로 정신을 가다듬은 어머니는 이마에 흐르는 땀을 훔치며 다시 물었다.

"파울! 언제부터 이런 그림을 그렸지?"

"옛날부터요."

이미 발각된 터라 더 이상 숨길 필요는 없었다. 이제는 장난기마저 발동했다.

"오, 하나님! 학교에서도 이런 그림을 그렸니?"

"예, 어머니. 수업시간에도 선생님 몰래 아이들에게 그려주

곤 했지요. 그냥 재미로 마구 그렸어요. 이런 그림을 잘 그
려서 저는 반에서 인기가 아주 좋아요, 어머니!"

"닥치지 못해!"

클레는 어머니의 호통에 장난기는 싹 사라졌다. 어머니의
서슬에 주눅이 든 채 고개를 숙이고는 있었지만 속으로는
웃음이 나왔다.

사실 그는 학교에서도 그런 그림을 그려왔다. 그런 그림은
아이들에게 인기가 있었다. 규율이 강요되는 억압된 학교에
서, 딱딱하고 재미없고 머리에 들어가지도 않는 지식탐구에
넌덜머리가 나 있는 아이들에게 그가 그린 춘화는 일종의
카타르시스였다. 또 은밀한 하나의 세계이기도 했다.

"히히, 나 한 장만 그려 줘. 응? 한 장만 부탁해, 파울."

"나도 요렇게. 요렇게 한 장만 그려줘. 더도 말고 딱 한 장
만!"

아이들의 부탁도 부탁이었지만, 무엇보다도 그는 이런 그림
을 그리는 것이 아주 재미있고 즐거웠다.

그러나 어머니와 아버지는 음악만 종용했다. 그가 그린 그
림에 관심은커녕 눈길도 주지 않았다. 오히려 그가 그린 그
림에 대해 모종의 의심까지 품었다. 아들 녀석이 마구 못된
짓이나 하고 다니면서 말썽을 피우지나 않을까하는 따위의
의심이었다.

클레 역시 음악을 극도로 싫어하는 것은 아니었다. 음악에
대한 깊은 이해와 관심도 가지고 있었다. 그러나 음악보다는
그림을 그리는 것이 훨씬 흥미로웠다. 그는 또 소설을 쓰기

도 하고 시작(詩作)에 몰두하기도 했다. 그 나이 때야 어른들이 금지하는 일들을 하는 것이 더 즐거운 법 아니겠는가!

클레는 점점 학교가 싫어졌다. 공부하는 것도 싫어졌다. 라틴어도, 그리스어도 싫었다. 어머니와 아버지의 지나친 관심과 기대도 싫었다.

그래서 그는 거리를 헤매고 다니기 시작했다. 모자는 삐딱하게 머리에 얹거나 깊숙이 눌러쓰고, 교복 단추는 맨 아랫것만 끼우고, 단정치 못한 차림으로 낄낄거리며 거리를 쏘다녔다.

그러다가 계집아이에게 열중하기 시작했다.

그는 드디어 학교를 그만두겠다고 선언했다.

"뭐! 학교를 그만 둬?"

"네, 그만 두겠어요. 답답하고 재미없어요. 흥미도 없고, 다 싫어요. 지긋지긋해요."

"인마! 학교를 재미로 다니는 사람이 어디 있어? 잔소리 말고 계속 다녀!"

그 당시의 클레는 오로지 그림을 그리는 것을 낙으로 삼고 있었다. 그림은 자신의 내부에 축적된, 마음속에서 꿈틀거리며 터져 나오려는 것들을 분출하는 하나의 수단이기도 했다.

그러면서 그는 시작에도 열의를 보였다. 틈틈이 소설 쓰기도 게을리 하지 않았다.

그는 드디어 예술가로서 자기 인생의 목표를 세우고 다음과 같은 설계를 했다.

1) 이상적인 직업으로서 문학과 철학을 한다.
2) 현실적인 직업으로 조형미술을 한다.
3) 수입의 보충을 위해 삽화를 그린다.


어찌된 영문인지 음악에 대한 이야기는 한 마디도 없다. 그가 사물에 대해 감동을 받은 것은 소리가 아니라 선과 색채였다. 일상의 생활에서 신비스러운 체험을 하는 것은 음악이 아니라 미술이었던 것이다.

"나는 지금 일손을 멈춘다. 그것이 무엇인지 분명히 알 수는 없으나 마음속 깊은 곳에서 온화하고 선명하게 번지는 것이 있다. 그것을 느끼면 내 마음은 안정된다. 허덕거리며 애쓸 것도 없고, 골치를 앓을 필요도 없고, 답답함을 느낄 필요도 없다. 아아, 나는 빛깔을 잡은 것이다. 내가 구태여 빛깔을 찾아 나설 필요는 없다. 그것은 나의 내부에서 솟아 나오는 것이니까. 빛깔은 영원히 나를 사로잡을 것이다. 이것이야말로 행복한 순간이 아니고 무엇이란 말인가! 나는 화가인 것이다."

그는 춘화나 끼적거리고 있었어도 순수한 색채로서의 예술을 자각하고 있었던 것이다.

"오늘도 나는 그림을 그렸다. 벌거벗은 조그마한 여자 그림이었다. 어쩌면 나는 '나체화집'을 발간할 지도 모르겠다. 그러나 나는 이내 그 그림을 깨끗이 지워버리고 말았다. 결국 그것은 부도덕이라고 말하지 않을 수 없기 때문이다. 그려진 여자가 벌거벗었다는 이유에서만은 아니다. 그 그림이 예술

176

로서 충분히 승화되지 못했다는 느낌 때문이었다. 아아, 나는 너무나 많은 것을 바라는 욕심쟁이다. 나는 오늘 좀 단순한 마음으로 돌아가고 싶다."

그는 얼마나 많은 스케치를 하였던가! 베른에는 지금도 그의 스케치와 데생이 무려 3천여 점이나 보존되어 있다.

클레는 음악으로 시작해서 문학으로 또 회화로 이행하였다. 그는 소년시절부터 자기 예술이 가질 의의를 예감하고 있었는지 많은 작품의 카탈로그를 만들었다. 그의 작품은 무려 8만여 점이나 된다.

클레는 진정한 시인으로서, 무엇보다도 소리를 사랑하는 음악가로서, 또 색채를 이해하는 회화가로서 살았다. 예술의 모든 분야를 섭렵하는 삶이었다. 그는 진정으로 위대한 예술가이면서 동시에 가장 평범한 인간이기도 했다.

그는 아내가 피아노에 열중해 있으면 기꺼이 요리를 만들었다고 한다. 아이들 뒤치다꺼리도 하고 아내 대신 집 안팎을 보살폈다고 한다.

# 벗을 사귈 때의 세 가지 요소

1) 잘못이 있으면
     서로 타이를 것.
2) 경사가 있으면
     진정으로   뻐할 것.
3) 위태롭고 고생되는 일이 있어도
     서로 버리지 않을 것.

인과경(因果經)에 나오는 석가모니의 말

빈천(貧賤)할 때의
벗을 잊지 말라.

돈을 벌거나 사회적으로 높은 지위에 오른 뒤에는 흔히 빈곤하던 시절의 벗을 잊어버리거나 일부러 경원하는데 그래서는 안 된다는 뜻이다.

후한서(後漢書) 송홍전(宋弘傳)에 '빈천(貧賤)의 벗 잊지 말 것이며, 조강지처 당에서 내리지 않는다.' 하였다.

# 이브 몽땅

1921년 이탈리아 피스토이아 근교 몽스미노 출생
1923년  2세 프랑스 마르세유로 이주 귀화
1932년 11세 누나의 미용실에서 일 시작
1939년 18세 영화계 진출
1944년 23세 에디뜨 피아프와 물랭루주에서 공연 가수데뷔
1945년 24세 에뜨와르 공연으로 각광받기 시작
1951년 30세 배우 시몬 시뇨레와 결혼
1991년 70세 영화 촬영도중 사망
주요작품 <밤의 문> <악의 결산> <샤렘의 마녀> <공포
의 보수> <낙엽> <여자가 사랑할 때>등 다수

# 스타가 된 미용실 보조

"어때 할만 해?"

"……."

"이 직업은 파고 들어가야 한다고. 하루아침에 되는 일이 아니야!"

"……."

"나중에 미용 학원 다니면서 공부해. 그리고 면허증을 따도록 해!"

그의 나이 열여섯 살 때였다.

그는 누나가 경영하는 미용실에서 자질구레한 심부름을 하는 견습생이었다. 미용실은 허술하고 볼품없었다. 차고로 쓰던 곳을 개조해서 미용실을 차린 것이었다. 먼저 미용 기술을 습득한 누나가 자격증을 따 가게를 차린 것이다.

계란 하나도 둘이 나눠 먹어야할 만큼 가난했다. 그런 그들에게 조수를 따로 둘만큼의 여유가 있을 리 없었다. 사내가 여자들 머리나 만지고 잔심부름이나 하는 것이 비위 상했으나, 가족을 위해서는 당연히 해야 할 일이었다.

이렇다 할 기술도, 재주도, 학벌도 없는 이 사내가 바로 이브였다. 이브의 형편이 이러했으니 누나의 조수로 일할 수 있는 것만도 다행이었다. 그는 날마다 누나 주위를 돌며, 누나가 쓸 도구들을 쓰기 직전에 누나의 손에 들려주곤 했다.

물론 미용실을 찾아오는 손님들은 대부분이 여자였다. 누나는 실력이 좋았는지 평판이 좋아졌고, 따라서 손님도 많아지고 벌이도 조금씩 나아졌다.

이브는 미용실에서 여자들의 머리를 만지는 일을 하는 것이 밸이 꼬였다. 그러나 가장이나 다름없는 누나를 돕는다는 것, 또 사랑하는 어머니 아버지와 가족을 돕는다는 의미에서 인내하며 일하지 않을 수 없었다.

누나는 자신의 직업에 대해 열렬한 사랑과 긍지를 가지고 있었다. 덕분에 빈대 때문에 밤을 지새워야 했던 빈민 아파트 시절보다는 훨씬 나은 생활을 하고 있었다.

어두운 골목길처럼 음침하고 삐걱거리는 계단을 세 층이나 올라가야 했던 빈민아파트는 빈대 소굴이었다. 빈대와 같이 자지 않으려면 득실거리는 빈대를 잡아 없애야만 했다. 비열하게도 빈대는 꽉꽉 물거나 냄새만 풍기고 벽지 속으로 숨기 일쑤였다. 그래서 벽지를 뜯어가며 빈대를 쫓다보면 이내 벽은 너덜너덜해지고, 집은 귀신이 나올 것처럼 으스스해진다. 그리고 날은 이미 밝아온다. 빈대 쫓느라 밤을 꼴딱 샌 것이다.

이 미용실을 들락거리는 여자들은 어떤가? 물론 돈을 벌게 해주는 고맙기 짝이 없는 귀한(?) 손님들이지만, 그는 가끔이 여자들이 빈대보다 더 지겹고 흉측하다는 생각이 들었다. 여자들이란 미용실에 나와 앉아 칡넝쿨처럼 얽힌 머리를 내맡기고 어쩜 그리도 수다스럽게 지껄이는지! 아무리 고상하고 기품 있는 사교계의 귀부인이라도 미용실에만 왔다하면 요란하게 떠들어댔다. 남편이 바람피운 이야기, 아이가 거짓말하고 돈을 타간 이야기, 옆집 아줌마를 비방하는 이야기, 등등…….

게다가 그녀들은 이브 몽땅을 보기만하면 '당나귀 귀', '코쟁이'라고 놀려댔는데, 그는 그럴 때마다 냅다 후려치고 싶은 것을 꾹 참았다. 그녀들이 그렇게 놀리지 않아도 이브는 자신의 외모에 대해 심한 콤플렉스를 가지고 있었다.

미용실에 혼자 있을 때는 거울을 보면서 자신의 못생긴 얼굴에 상심하곤 했다. 특히 그를 절망하게 하는 것은 아궁이라는 별명이 붙은 자신의 입이었다. 아궁이란 떡 벌리면 오렌지 반개를 단번에 삼킬 수 있는 커다란 입과, 썰어 담으면 한 사발은 족히 될 것 같은 두툼한 입술을 가진 자신의 크고 못생긴 입을 이르는 말이다. 그 입 속에 영혼을 불러 일깨우는 재능이 자리 잡고 있다는 것을 모르는 이브는 힘든 나날을 보냈다. 머리를 지지고 볶고 하려고 온 여자들이 그를 긁려주고 간 날이면 이브는 누나 몰래 술을 마시며 자기

183

자신을 달랬다.

"그래, 난 못생겼어. 거기다 바보지. 못생긴데다 바보고 가난하기까지 해."

그는 그렇게 자기혐오에 빠져 살았다. 그러던 어느 날 술을 마시다가 그 자리에서 여왕처럼 군림하는 브류나라는 여자를 문득 보았다. 그녀는 일개 작부에 지나지 않았다. 그러나 그녀는 당시 내로라하고 이름을 떨치던 인기 스타들보다 훨씬 풋풋하고 싱싱하고 아름답고 매력적이었다.

그런데 그 여자는 성격이 괴상했다. 근방의 사내들을 미치게 만들어 놓고 그들이 괴로워하는 것을 보는 것을 즐겼다.

그녀에게 첫눈에 반한 이브는 한가할 때면 그녀에게 재미있는 이야기를 들려주곤 했다. 미장원에서 있었던 갖가지 에피소드나, 월트 디즈니 이야기나, 미키 마우스 같은 이야기를 온갖 제스처를 써가며 이야기했다. 그녀를 웃겨주기 위해서. 그녀를 웃기려고 정신없이 지껄이는 일도 많았다. 그러나 브류나는 역시 먼 곳의 여자였다. 그가 다가갈 수 없는 여자였다. 그래서 그는 또 절망했다.

"이렇게 추한 용모가 브류나를 정복하는 무기가 될 수는 없어. 브류나는 나 같은 건 안중에도 없을 거야. 그래도 그녀를 탓할 수는 없지. 내가 못났으니까. 그녀를 차지하려면 잘 생기고 부자가 돼야 할 텐데. 난 언제나 요 모양 요 꼴로 해를 등지고 사는 음지 식물처럼 늙어갈 건가."

그는 그녀의 존재가 자신을 얼마나 괴롭게 하는가를 생각했다. 그러면서 소란한 손님들 속에서 갓 핀 한 송이 꽃 같은 그녀를 남몰래 바라보았다. 그녀의 눈빛, 말소리, 미소, 모든 움직임을 주시했다.

"브류나의 마음은 어디에 가 있을까? 시카고나 시드니에서 멀지 않은 미래에 승리할 것을 장담하는 자신만만한 권투 선수에게 가 있을까? 사교계의 여왕으로 군림할 수 있는 무도회에 동행해 주기를 권하는 상냥하고 온화하고 키가 큰 신사에게 쏠려 있을까? 비르마의 왕자처럼 우아하고 섬세한 저 귀족 청년에게 가 있을까? 아니면 가슴팍에 커다란 문신을 새긴 건강하고 근육질의 몸을 한 저 선원에게 가 있을까?"

이브는 미용 견습생 가운 속에서 움츠러드는 가련한 자신을 되돌아보았다. 그러자 스스로 점점 더 위축되어 가기만 했다.

"난 너무 작아. 저 근육질 선원이 손가락으로 눌러버리면 난 빈민 아파트에 살던 빈대처럼 터져 죽어버릴 거야. 권투 선수가 주먹으로 한 방 치면 난 바위에 부딪친 계란처럼 박살이 나버리겠지? 난 저 사나이들 술잔 속에 빠진 파리 같은 놈이야. 나는……."

그런 생각을 하면서도 이브는 그 자신의 그런 사고방식을 몹시 혐오했다. 이래선 안 되는데. 변하지 않으면 안 되는데…….

어느 날 그는 여자들의 머리카락이 열에 의해 새로운 모양으로 변하는 것을 알았다. 쭉쭉 뻗은 머리카락이 열을 가하니 갖가지 새로운 형태의 아름다움을 지니게 되었다. 그는 깨달았다.

"사람도 마찬가지일 거야. 사람도 이 머리카락처럼 매만지지 않고 내버려두면……. 나도 역시 변해야 해. 이 머리카락처럼. 그래, 난 변할 거야. 변하게 될 거야. 변할 수 있어. 변하는 날이 꼭 올 거야. 브류나처럼 거기 있는 것만으로도 사람들의 정신을 빼놓는 그런 나를 만들 거야."

이런 생각을 되풀이하던 이브는 미용실을 찾아오는 손님들의 화제가 대부분 가수나 배우들이란 사실을 알았다. 잡지에 실린 그들의 매력을 평가하고, 분석하고, 자신들의 생활 속에까지 끌어들인다는 것도 알았다. 그녀들은 배우들의 배역에 따른 변신에 대하여, 또 인간성에 대하여, 생활에 대하여 미친 듯이 칭찬하거나 심술 사납게 비난하고 비평하는 것을 보았다. 또 단순히 비평하는 것에 그치지 않고 그 이면에 배우들에 대한 사랑을 마음에 담았다. 그들의 그런 사랑도 보았다. 배우들이 뭇사람들의 삶에 얼마나 친근하게 다가와 있는지를 감지했던 것이다. 그것은 전기 충격을 받은 것처럼 찌르르하게 그의 전신을 자극시켰다.

그는 자신도 모르게 무대를 동경하게 되었다.

그는 중얼거렸다.

"그래, 바로 그거야. 나도 배우나 가수가 되자. 영화배우가 되자. 그래서 세상을 놀라게 하는 대 스타가 되자. 모든 사람들에게 사랑받고 사랑을 주는 스타가 되는 거야. 훌륭한 배우들은 모두 나처럼 지질한 직업을 전전하다 크게 되었더라. 배우들은 믿을 수 없을 만큼 기이하고 희한한 일을 계기

로 진짜 스타가 되었더라. 어떤 이는 배관공으로 극장의 도
관을 수리하다가 '당신의 생김새는 무대에 맞을 거'라는 말을
듣고 배우가 되었고, 또 어떤 이는 연출가와 한 엘리베이터
를 탔다가 픽업되었고, 또 어떤 이는 가가호호 다니며 식료
품 외판을 하다가 어떤 스타의 눈에 띄어 영화사에 들어오
라는 권고를 받고 스타가 되기도 했다지 않는가! 나라고 안
될 것도 없지. 내가 할 일은 바로 그거야. 할 수 있을 거야.
난 젊으니까. 난 이제 열일곱밖에 안 됐으니까. 그런데 어떻
게 해야 그 길에 들어설 수 있지? 어떻게……."

어떻게? 바로 그것이 문제였다. 누나의 미용실에 다니는 여
자들 중에 그에게 '어머! 당신 배우가 될 생각 없어요? 마스
크가 아주 훌륭해요.'하고 말하는 사람은 아무도 없었다.

이브는 이 '어떻게'라는 말을 곱씹으며 미용실 일이 끝나면
빠삐용의 뒷거리를 헤매기도 하고, 쉬는 날이면 삼류 극장에
드나들며 영화에 열중하기도 했다.

그러다가 어느 날, 창녀들이 우글거리는 사창가를 지나게
되었다. 여전히 속으로는 '어떻게'를 뇌까리면서 말이다. 그
때 이상한 포스터가 눈에 들어왔다. 난잡한 내용의 낙서와
그림들로 마구 더럽혀지고 찢겨진 가요 콩쿠르 포스터였다.
그리 대단한 규모는 아니고, 민중 축제의 일환으로 열리는
대회였다. 그는 그것을 본 순간 마치 1등이라도 할 것처럼
좋아하며 덤벼들었다.

그러나 결과는 절망이었다.

"박자가 맞지 않아요. 노랫말의 전달이 부정확하고 딱딱 끊

어야할 데서 끊지 않고 있어요. 당신은 톤이 너무 높군요. 당신에게 쓸 만한 점이라곤 단지 노래 가사를 다 외우고 있다는 것 하나뿐이에요."

그는 주저앉고 싶었다. 헤엄도 칠 줄 모르면서 강을 건너려니 허우적거리기만 할 수밖에. 소년 이브의 정신 상태는 바로 그랬다.

그런데 거기에 지푸라기를 던져 주는 사람이 있었다. 캐러멜 봉봉이라는 별명을 가진 그 축제의 조직 위원이었다.

"넌 입이 커. 넌 뭐든지 할 수 있어. 그 입은 자랑해도 좋을 정도야. 두려워하지 마. 넌 노래할 수 있어, 이 겁쟁이야. 관객을 두려워하지 말라고. 피아노 반주만 따라가면 돼! 노래를 시작도 하기 전에 너에게 박수를 보내는 백 명도 안 되는 사람들 앞에서 지레 겁을 먹으면 무슨 일을 할 수 있겠나? 난 다음 포스터엔 너를 넣을 거야. 연습을 해 봐!"

그 조직 위원의 말은 뜻밖이었다. 아궁이 같은 그의 입에서 흘러나오는 엉터리 상송을 거리의 악단장인 캐러멜 봉봉은 자기 무대에 올리겠다는 것이었다. 그리고 그는 이브에게 레슨을 받도록 했다.

그러기를 몇 달, 드디어 이브는 무대(?)에 서게 되었다. 너절한 거리를 돌아다니며 공연을 하는 민중극단의 무대였다. 포스터는 엉터리였다. 과장이 너무 심했다. 미용실 조수로 일하는 소년을 '대 스타'니, '무대 위의 다이너마이트'니 하고 선전했다.

좌우지간 이브는 캐러멜 봉봉이 시키는 대로 얼굴에 분을 잔뜩 바르고 무대에 올라가 훈련받은 대로 노래를 불렀다. 묘하게도 노래를 부르는 동안은 그동안의 고통이 잊혀졌다. 노래가 끝나자 입장료를 지불하고 공연장에 들어온 사람들은 이브에게 만족을 뜻하는 박수갈채를 보냈다.

캐러멜 봉봉은 이브를 얼싸 안았다.

"잘 했어, 이브. 굉장히 발전했어. 훌륭한 첫 출항이야. 내 눈은 틀림없어. 내 눈은 언제나 정확하지. 앞으로 나가지 않으면 안 돼! 내가 널 출세시켜 줄게. 너는 젊어. 기회는 많지. 널 내 친구들과 함께 파리로 보내주마. 내 이름을 대면 넌 아마 어렵지 않게 출세할 수 있을 거야."

무대 맛을 본 이브는 이제 미용실 일은 완전히 팽개쳐버렸다. 가수로 데뷔할 일만 생각했다. 무대의 강렬한 불빛, 박수갈채, 흥분, 빛나는 얼굴, ……. 이브가 무대를 열망하게 하는 이유는 또 있었다. 무대 위에 선 이브를 환영하는 사람들이었다.

그는 정말 파리로 가고 싶었다. 그러나 캐러멜 봉봉은 그를 놓아주지 않았다. 흥행 때문이었다. 돈벌이하기에 좋으니 그를 보내고 싶지 않다는 것이었다. 이브는 몇 개월 더 캐러멜 봉봉 밑에서 뭉그적거리다가 할 수 없이 오디프레트라는 흥행 주에게로 옮겨갔다.

캐러멜봉봉은 처음엔 배신이라고 노여워했지만 나중엔 오히려 물심양면으로 그를 위해주었다. 그리하여 이브는 오디프레트를 따라 파리로 갔다.

파리에서 초연하던 날, 승부는 이미 판가름 났다. 사람들은 그에게 열광적으로 '브라보'를 외쳐댔던 것이다.

 그는 성공했다. 샹송가수로 명성을 누리고, 영화배우로 대스타가 되었다. 가난을 딛고 일어서 세계 구석구석에 사랑과 우정의 빛을 뿌리는 대 스타가 된 것이다.

# 세 사람이 모이면
# 문수의 지혜 나온다.

문수(文殊)는 석가여래의 왼편에 앉은 변론과 지혜를 다스리는 재치가 뛰어난 보살이다. 세 사람의 두뇌가 모이면 문수보살의 머리에서 나온 듯, 지혜가 나온다는 뜻이다.

두 눈보다는 네 눈이 낫다.
Four eyes see more than two.

한 사람의 머리보다는
두 사람의 머리가 더 영리하다.
Two heads are better than one.

# 이사도라 던컨

1878년 미국 샌프란시스코에서 출생

1890년 12세 시카고로 출발

1893년 15세 뉴욕으로 감

1899년 21세 유럽으로 건너가 각광을 받음

1927년 49세 프랑스에서 교통사고로 사망

# 선생도 이긴 고집불통

테크닉이나 기교를 완전히 배제하고 맨발에 맨몸으로 영혼의 춤을 추다 간 무용가가 이사도라다. 그녀에게 무용은 단순한 육체의 율동이 아니었다. 그녀의 사춘기는 춤과 사랑, 가난과 싸우는 전쟁 같은 삶이었다.

그녀는 보통 사람의 평범한 일생과는 차원이 달랐다. 아주 대단히 극적이고 다사다난한 소녀시절을 보냈다.

일찍 아버지와 헤어지고 홀어머니 밑에서 가난하게 자란 이사도라는 열네 살 때부터 학교를 그만두고 무용 강습소를 차려 가정을 이끌어나가야 했다. 한때는 굶주린 배를 채우기 위해 마음에도 없는 춤을 대중 앞에서 추어야 했다.

그녀는 가난하긴 했지만 진실 앞에서는 누구에게도 꺾이지 않는 불굴의 투지와 정열을 가진 용감한 소녀였다.

어느 날의 작문 시간이었다. 자신들의 생활을 주제로 글짓기를 하라는 과제가 주어졌다. 그녀는 글짓기를 하였다.

내가 어렸을 적 우리는 23번가의 아담한 집에서 살았지요. 그런데 우리는 얼마 안가서 17번가로 이사를 갔어요. 집세를 낼 수 없었기 때문이었지요. 그리고 또 얼마 후엔 22번가로 이사를 했어요. 주인이 집세를 올려달라고 해서요. 그래서 거기서도 평화롭게 살 수 없어서 다시 10번가로 갔습니다. 그리고 그 다음엔 15번가로, 그 다음엔 또 24번가로 갔고…….

그렇게 자기가 쓴 글을 낭독하는데 반 친구들이 와아하고 웃음을 터뜨렸다. 장난을 하는 줄 알았던 것이다.
"이사도라, 이리 나와요."
글을 읽다말고 이사도라는 선생님을 쳐다보았다. 선생님은 몹시 화가 나있었다.
"왜요, 선생님?"
"지금 장난하는 거야!"
"장난이 아니에요, 선생님. 사실이에요."
"이 글이 이사도라의 생활을 그대로 반영한 거란 말이지? 그렇게 가난하다는 말이지? 거지같다는 말이지?"
선생은 그 전부터 이 고집 세고 자기의견을 굽힐 줄 모르는 계집아이에게 당할 만큼 당해서 자존심이 상할 대로 상해 있었다. 그래서 '옳거니, 기회는 이때다.' 하고 경멸을 잔뜩 담아 쏘아붙였다.

지난 크리스마스이브 때였다. 산타클로스 할아버지가 주신 선물이라고 선물 꾸러미를 들고 들어와 나누어 줄 때였다.

"선생님, 전 그 말 믿지 않아요. 거짓말 말아요! 산타클로스 같은 건 이 세상에 존재하지 않아요."

"이사도라 양! 그런 말 하는 거 아니야! 그런 소리하면 선물 없어. 산타클로스를 믿는 사람에게만 선물을 줄 거야!"

"그래요? 그렇다면 전 그 선물을 원치 않아요."

선생은 그 말에 약이 올라서 이사도라를 불러내 교실 마룻바닥에 꿇어앉으라고 했다. 그러나 이사도라는 앞으로 나가기는 했지만 꿇어앉지는 않았다. 대신 반 친구들을 향해 휙 돌아서며 소리쳤다.

"난 그런 거짓말에 현혹되기 싫어! 산타클로스는 부잣집 엄마들이 만들어낸 환상의 존재야. 우리 어머니는 가난해서 산타클로스 노릇을 할 수 없단 말이야!"

선생은 분기탱천하여 이사도라를 강제로 꿇어앉히려 했다. 그러면서 말했다.

"없어도 있는 것처럼 믿고 사는 게 나쁜 건 아니야. 무조건 부정하려는 네 정신자세가 무엇보다도 나쁜 거야."

그러나 이사도라는 기어코 무릎을 꿇지 않았다. 그런 말을 했다고 벌을 받는 건 부당하다고 생각했기 때문이었다.

주린 배를 부여안고 추위에 꽁꽁 얼어가면서 딱딱한 의자에 앉아 배운 결과가 이렇게 참담한 것이었다. 이사도라에게 학교와 선생은, 진실하지만 가난한 그녀를 고문하기 위해 존재하는 비인간적인 괴물 같았다.

 선생에 대한 이사도라의 반항은 교장에게까지 보고되었고, 끝내 학부형을 호출하는 지경에 이르고 말았다. 그래도 이 소녀는 끝까지 잘못을 빌지 않았다.

 결국 이사도라는 굴욕을 참을 수 없어 학교를 그만두었다. 그리곤 근처의 꼬마들을 불러다놓고 어린이 무용을 가르쳤다. 머리를 착 빗어 올려붙이고, 열여섯 살이라 속이고, 무용 선생 노릇을 한 것이다. 그런데 그녀의 그 엉터리 같은 춤이 주위로부터 호평을 받았다. 그래서 약간의 수입도 생겼고, 그 수입은 식구들의 밥줄이 되었다.

 이사도라는 집안에 먹을 것이 떨어지면 정육점으로 달려가 고기를 외상으로 가져올 만큼 용감해졌다. 빵집에서도 신용 으로 거래할 수 있는 건 이사도라 뿐이었다. 이사도라는 이 런 일을 싫다고 생각하지 않고 모험처럼 즐겼다. '저어기 조 그만 오두막의 무용선생이에요.'하고 꼼꼼하고 지독하기로 소문난 정육점 영감을 설득해 외상으로 양고기를 가져올 때 면 승리감을 느꼈다. 그 승리감은 곧바로 춤이 되어 저절로 나왔다.

 그런 생활이 몇 달간 지속되었다. 그러던 어느 날, 가끔씩 놀러오던 한 부인이 이사도라의 춤은 이런 곳에서 썩히기엔 아까운 천재적인 것이라고 칭찬했다. 그리고 샌프란시스코의 유명한 발레 선생에게 소개해 주었다.

 선생은 이사도라를 시험해볼 요량으로 발끝으로 서 보라고 했다. 이사도라는 왜 그러느냐고 물었고, 선생은 그것이 무용의 기초라고 말해주었다.

"발끝으로 서는 것은 무용의 가장 기초적인 자세이자 아름다움의 기본이기 때문이야. 그것도 아직 모르니?"

"전 오히려 추하다고 생각해요, 선생님. 왜 무용은 발뒤꿈치를 들어야만 아름답다고 생각하지요? 그것은 오히려 자연을 거스르는 기계적인 동작 아닌가요?"

이사도라는 사흘 정도 레슨을 받아보았다. 그러나 딱딱한 보건체조 같은 무용지도가 마음에 들지 않아 집어치워버렸다.

이사도라는 춤에 대해 이런 꿈을 꾸고 있었다. 뭇 무용가들이 추는 춤과는 성질과 의미와 형태마저 다른 춤, 그녀의 가슴속에서 솟구쳐 오르는 무언가를 세상에 대고 몸으로 이야기하고 싶었다.

그러나 그녀는 그것이 무엇인지 몰랐다. 누구에게도 배운 적이 없었기 때문이었다. 눈에 보이지는 않지만 그저 본능적으로 자신 안에 어떤 세계가 존재하고 있다는 것을 느끼곤 했다.

그 느낌은 확실하고 분명했다. 즉 자신 안에 잠재되어 있는 재능을 깨달은 것이다. 그런 마음이 일렁일 때마다 이사도라의 가슴은 분노로 들끓었다. 어떻게 하면 새로운 계기를 마련할 수 있을까?

그러나 돈 없고, 연줄도 없는 가난한 소녀에게 그런 기회는 좀처럼 찾아오지 않았다. 먹고 살기도 힘겨운 터라 다른 길을 모색할 여유 따위는 없었다.

그즈음 이사도라의 무용학교엔 나이가 지긋한 학생도 몇 드나들고 있었다.

생활비를 마련하기 위해 언니가 사교댄스를 가르쳤던 것이다. 왈츠, 폴카, 마주르카 등등. 언니에게 댄스를 배우는 학생 중에 바논이라는 사람이 있었다. 바논은 훤칠하게 잘생긴 약사였다.

감수성이 예민한 이사도라는 그만 이 미남 약사에게 넋이 빠져버렸다. 그는 무엇보다 잘생겼고, 학벌도 좋았고, 이사도라보다 가정형편이 좋았다. 그는 모든 면에서 이사도라에겐 백마 탄 왕자님쯤으로 보였을 터였다.

그러나 이사도라는 자존심 때문에 선뜻 사랑을 고백할 수 없었다. 가슴속에 미친 듯이 이는 열정적인 사랑을 기껏 일기장에나 고백하고, 그가 다니는 무도회나 기를 쓰고 쫓아다녔다. 그와 춤을 추기 위해서.

그의 팔에 안겨 춤을 출 때는 무지개 풍선을 타고 아름다운 하늘을 붕붕 나는 것 같았다. 그녀는 그가 일하는 시내 중심가의 약방 앞을 지나기 위해 일부러 먼 길을 돌아서 다녔고, 저녁이면 가족들 몰래 집을 나와 불 켜진 그의 하숙집 창문을 하염없이 바라보곤 했다. 하지만 바논은 이사도라의 애타는 짝사랑도 아랑곳없이 다른 여자와 결혼해버렸다.

이사도라의 첫사랑은 허공으로 날아가 버렸다. 그녀의 절망은 깊이를 헤아릴 수 없었다. 그녀는 그가 있는 이 도시를 떠나고 싶었다.

그래서 그녀는 샌프란시스코에 순회공연차 와있는 어느 극단의 매니저를 찾아갔다. 이사도라의 춤을 본 매니저는 '이런 춤은 우리 극단과는 어울리지 않아요. 교회에나 맞겠군요. 돌아가시오.'라고 말하며 냉담하게 돌아섰다.

그러나 이사도라는 낙담하지 않고 어머니를 좋은 말로 설득해 무작정 시카고로 떠났다. 그대로 포기할 수는 없었던 것이다.

실연으로 인한 절망감 속에서 무용에 대한 야망을 품게 된 것이다. '나를 발전시킬 수 있는 넓은 세계로 나가야 해! 이러고만 있을 수는 없어.'라는 굳은 다짐을 하며 시카고로 온 것이다.

시카고로 온 소녀는 차례차례 흥행사를 찾아다녔지만 그들은 모두 거절했다. 그렇게 몇 주일이 지나자 돈이 다 떨어졌다. 며칠 동안 빵 한 조각 입에 넣지 못하고, 토마토로 끼니를 연명하던 모녀는 이제 약해질 대로 약해져 앉아 있을 기력도 없었다.

이제는 무용은 고사하고 먹고 살 일이 급했다. 일자리를 찾아 길거리를 헤매며 그녀는 바논이 밉다는 생각이 들었다.

혼자 애태우던 짝사랑일 뿐이었는데, 이사도라는 그에게 버림받아 이 꼴이 된 것 같았다. 바논에게는 아무 잘못도 없는데.

허기 때문에 목구멍에서 손이라도 튀어나올 것 같은 이사도라는 마지막으로 직업소개소를 찾아갔다.

무슨 일을 하겠느냐고 직원이 물었을 때, 이사도라는 간신히 아무 일이든 하겠다고 대답했다.

"아가씨! 그 꼴로는 아무 일도 할 수 없을 것 같군요."

완전히 자포자기 상태였다. 그러나 시카고까지 와서 굶어 죽을 수는 없다는 오기가 생겼다. 어머니까지 모시고 와서 이대로 쓰러질 수는 없었다.

'저승 가는데도/ 여비가 든다면// 나는 영영/ 가지도 못하 나?//'하고 노래한 천상병 시인의 시가 생각난다. 또 학교에 낼 돈이 필요하다고 교복 입고 가방 들고 문을 나서며 어머 니를 조르면 '먹고 죽을 라도 없다.'고 하시던 말씀이 생각나 눈시울이 뜨거워진다.

이사도라는 마지막으로 용기를 냈다. 그리고 루프가든의 지 배인을 찾아갔다. 루프가든은 완전히 상품적인 춤, 즉 눈요 기 춤을 추는 극단이었다.

지배인은 거드름을 피우며 말했다.

"예, 좋아요. 당신은 아주 매력적인 여자예요. 하지만 춤을 좀 바꾼다면 한 번 써 보지요."

"어떻게요?"

"주름 스커트를 입고 다리를 번쩍번쩍 들어 올리는 춤 말 입니다. 그러니까 처음엔 얌전한 그리스 춤을 추다가 주름스 커트를 흔들며 다리를 들어 올리는 춤을 추는 겁니다."

이사도라는 굴욕감을 눈물과 함께 삼켰다. 대중의 호기심을 자극하는 저속한 눈요깃거리를 제공하는 춤이지만 빵을 위 해서는 어쩔 수 없었다. 그나마도 안하면 이젠 굶어죽어야 할 판이었다.

하지만 주름치마를 어디서 구한단 말인가! 그렇다고 그 능

글맞은 지배인에게 선불을 요구했다간 또 어떤 비열한 짓을 해 굴욕감을 줄지 모른다.

이사도라는 지배인의 느글느글한 눈길에서 벗어나기 위해 주름치마를 준비해 다시 돌아오겠다고 약속하고 밖으로 나왔다.

찜통처럼 푹푹 찌는 무더운 시카고 거리를 피로와 허기에 지쳐 쓰러질 것 같은 꼴로 헤매고 또 헤맸다. 그러다가 마샬 광장의 큰 옷가게 앞에 멈춰 섰다. 그녀는 무조건 안으로 들어갔다. 그리고 주인을 붙들고 통사정을 하였다.

"믿고만 주세요. 취직은 됐으니까 돈 갚는 것은 문제없어요. 아저씨, 절 한 번만 믿어주세요."

이사도라는 천만다행으로 가게의 젊은 주인에게 외상으로 치마를 얻었다. 그리고 루프가든으로 돌아와 당시 유행하던 '워싱턴 포스트'라는 음악에 맞춰 춤을 추었다.

공연은 대성공이었다. 지배인은 아주 만족스러워 했다. 그렇게 일주일이 지나자 지배인은 흡족해하며 순회공연 연장 계획을 알려왔다. 그리고 이사도라의 의견을 물었다.

"싫어요."

"주당 50달러. 전액 선불해 드리겠소."

주당 50달러! 당시 이사도라의 처지에선 대단한 액수의 돈이었다. 그러나 그녀는 미련 없이 거절해버렸다.

"다시는 이런 춤 안출 거예요. 두고 보세요. 난 꼭 내 춤을 추고 말 거예요. 그동안 고마웠어요."

이사도라는 짐을 꾸렸다. 그리고 뉴욕으로 향했다. 더 넓은

곳으로 나가 차원 높은 순수 무용을 하기 위해서였다. 뒤로
멀어져가는 시카고의 거리를 돌아보며 이사도라는 굶주렸던
기억을 되살리며 치를 떨었다. 그러나 그보다 더 치가 떨리
게 만든 것은 루프가든에서 추던 춤이었다. 그 춤에 대한 혐
오감은 굶주림보다 더 괴로웠다.

　이사도라의 춤의 신화 중에서 가장 널리 알려진 것은 맨발
로 춤춘 최초의 무용가라는 것이다. 그는 언제나 맨발에 속
살이 훤히 비치는 튜닉만 걸치고 공기의 요정처럼 춤추었고,
자신의 춤을 '미래의 춤'이라고 불렀다.
　"처음부터 나는 삶을 춤추었을 따름이다. 아이 적에 나는
자라는 것들의 자발적인 기쁨을 춤췄다. 어른이 되어서는 삶
의 비극적 저류에 대한 최초의 깨달음, 즉 삶의 가혹한 잔혹
성과 파멸적 진전에 대해 이해하면서 기쁜 마음으로 춤췄
다."
　말하자면 그녀는 누구로부터 춤을 배운 바도 없고, 다만 자
연과 자신의 삶으로부터 흘러나온 춤을 추었을 따름이며, 그
래서 그녀의 무용이론도 독창적인 것이었다.
　그녀의 생애에서 가장 감동적인 장면 중의 하나는 위대한
조각가 로댕과의 만남이다.
　이사도라는 자기 스튜디오에 온 로댕을 위해 춤을 춘다. 로
댕은 자신을 위한 춤이 끝날 때까지, 또 하나의 신성한 영혼
에 의해 촉발된 신성한 눈으로 바라본다. 이사도라의 춤이
끝나자 로댕 역시 진실의 빛에 홀린 사람의 걸음걸이로 이

사도라에게 가서 맨발의 전신을 주무르기 시작한다. 마치 진흙을 빚듯이.

이사도라는 가슴에 손을 얹고 몇 시간 동안 움직이지 않고 서 있다. 힘을 한 군데로 모으고 모든 동작의 근원을 발견하고자. 그리고 이것은 로댕 자신의 창작 원칙이자 태도였다. 로댕은 이사도라의 무용학교에 가서 아이들이 춤추는 것을 보고 이렇게 말하기도 했다.

"내가 젊었을 때 저런 모델들을 가졌으면 얼마나 좋았을까! 나도 아름다운 모델들을 많이 가져보았지만 당신의 학생들처럼 운동의 과학을 아는 이는 한 사람도 없었소."

이렇게 위대한 예술가에게 그녀는 춤으로 인사했는데, 그것은 아주 독특하고 예쁜 인사법이었다. 그녀는 시인, 조각가, 화가, 음악가 등 그녀가 흠모하는 예술가들을 만나면, 잔디밭이든, 응접실이든, 어디서든, 즉흥적으로 춤을 추었고, 그녀의 아름다운 인사를 받는 사람들을 감격하게 했다.

이사도라의 이성에 대한 사랑도 불꽃 그 자체라고 할 수 있다. 사랑도 예술적 정열의 연장이었다고나 할까?

물론 로엔그린이라는 백만장자와의 연애처럼 별 재미없는 부분도 없진 않았지만, 그녀는 거의 상대방의 예술적 천재성에 미쳐서 사랑을 했다.

"내 삶은 오직 두 개의 동기를 가지고 있다. 즉 사랑과 예술이 그것인데, 사랑은 때때로 예술을 파괴했고, 예술의 전체적 소명은 사랑에 비극적 종말을 가져왔다. 이 둘은 어울리지 못하고 끊임없이 충돌할 뿐이다. 왜냐하면 사랑도 그것

을 위해 전부를 요구하고, 예술도 그것을 위해 전부를 요구
하기 때문이다."

그러나 세상의 서로 상반되는 힘들이 그를 통해서 화해하
려고 했기 때문에 그녀는 결국 난파했다. 그녀의 자서전 끝
부분에는 이렇게 쓰여 있다.

"22년 전에 우리는 명성과 행운을 찾아서 떠났다. 그리고
두 가지를 얻었다. 그러나 결과는 왜 이렇게 비극적인가? 아
마도 그것은 이 가장 만족스럽지 못한 세계에서의 삶의 당
연한 귀결이기 때문인데, 이 세상이란 가장 기본적인 조건들
이 인간에 대해 절대적인 곳이다."

어쨌든 이 기묘하고 신들린 이사도라의 자유로운 영혼과
육체는 공기의 요정, 불의 요정, 물의 요정이었다. 목에 맨
스카프가 자동차 바퀴에 걸려 죽을 때까지 삶을 춤추다간
요정 말이다.

이사도라 던컨

# 오늘은 어제의 학생이다.

Today is the scholar of yesterday.


'어제는 오늘의 스승이다.'
어제의 일은 오늘 할 일을 가르쳐준다.
과거의 경험에서 많은 것을 배워
오늘은 그것을 활용할 수 있기 때문에.


3권도 출간예정입니다.

천재들의 사춘기 2

## 명언명구名言名句 목차